KB081148

사신공주의 재혼 8

날 수 없는 날개의 성녀

오노가미 메이야
(小野上明夜)

앨리스노블

번역 이진주 **표지** 조은아 **편집** 김은솔 **디지털** 김효준 **마케팅** 김정훈

차례

트레이스
카슈반의
소꿉친구 겸 짐사

노라 텔페스
라이센가의 메이드
겸 카슈반의 애인(?)

세이그람
티르나드의 교육담당
겸 집사

루아크
라이센가를 드나드
는 전직(?) 암살자

티르나드 레이덴
명문가 레이덴의
당주인 소년

Death
Princess

Character

카슈반 라이센
「아즈베르그의 폭군」으
로 악명 높은 벼락출세
한 신흥귀족

알리시아 라이센
통칭 「사신공주」돈에
팔려온 신부

등장인물 소개

Illustration
키시다 메루

서장

마른 가지를 깔끔하게 다 솎아낸 장미 나무들이 달빛 속에 질서 정연하게 늘어서 있었다.

새로 싹이 트는 것을 기다리기 위해서라고 해도 아즈베르그 지방의 차가운 밤공기에 단면을 드러낸 그 모습이 어딘가 아파 보였다.

"뭐, 그래도 자르지 않을 수는 없지. 아름다운 꽃을 피우려면 희생도 필요한 법이야."

아즈베르그 저택 2층에 있는 손님방에서 창밖을 바라보며 검은 머리의 청년은 그렇게 말하고 해맑게 웃었다. 아이처럼 아무 근심 걱정 없이 미소 짓는 행동에 이마에서 오른쪽 눈을 지나 뺨으로 달리는 상처가 추하게 일그러졌다.

"……왕자님? 무슨 말씀을 하시는 겁니까?"

왕자 제오르디스의 중얼거림을 듣고 시종인 플로리안은 불쾌한 얼굴을 했다.

중얼거림의 내용이 불길한 탓도 있었지만, 조금 전부터 자신이 하던 보고가 무시당한 것처럼 느껴졌기 때문이다.

플로리안은 오른쪽 눈 밑의 눈물점이 도드라져 보일 정도로, 인형처럼 단정한 이목구비를 가진 미청년이었다. 그런 만큼 험악한 분위기를 풀풀 풍기는 표정에는 사람을 오싹하게 만드는 무언가가 있었다. 몸을 감춘 은색의 갑옷을 구성하는 금속판이 서로 스치며 스응 귀에 거슬리는 소리를 냈다.

"오라버니……."

평소에는 감정을 거의 드러내지 않는 오라버니의 분노에 제오르디스의 바로 옆에 서 있던 뮤제가 겁먹은 얼굴을 했다. 플로리안과 똑같이 은색 머리카락과 물빛 눈동자를 가진 덧없는 인상의 소녀에게는 그런 표정이 잘 어울렸다.

그러나 제오르디스는 남매 중 어느 쪽의 반응에도 개의치 않았다. 한 손으로 뮤제를 끌어안으며 아무렇지도 않게 이야기를 원래 화제로 되돌렸다.

"이야, 보고하느라 수고했어. 친구. 하지만 흐응. 그럴 거라는 느낌이 들기는 했지. 그라네우스 숙부님은 역시 카슈에게 붙었나. 아니. 카슈에게, 라기보다는 라이센 부부라고 해야 하려나?"

그라네우스 피랄 드 가제트 후작. 이 실딘 왕국에서 제오르디스와 마찬가지로 국왕이 될 수 있는 자격을 가진 극소수의 왕위 계승권자 중 한 명.

'악식 대공'이라는 별명을 가진 그가 '아즈베르그의 폭군'으로 악명 높은 '강'공작 카슈반 라이센과 협력하기로 승인했다. 현재 상황을 생각할 때, 이것이 의미하는 바는 명확했다.

"사람과의 교류도 정치도 싫어하던 숙부님이 왕좌에 앉겠다고 결의할 줄은 몰랐는걸. 솔직히 살짝 예상외였어……. 아무래도 에르 누님이나 지스칼드 형님이 엮여 있나 봐."

현 국왕 랑드레이가 병약하고 겁이 많을 뿐 아니라, '영원한 생명'을 손에 넣고자 수상쩍은 연금술사를 왕성에 자유로이 출입시키는 등 어리석은 행동을 하고 있다는 사실은 국내외에서 유명했다. 랑드레이를 훌륭한 왕으로 만들고자 절치부심했던 재상 이달. 그조차 왕에게 정나미가 뚝 떨어진 사실도 다들 알고 있었다.

　그러나 실딘 왕가는 대대로 손이 귀했다. 직계 왕위 계승권자도 오랫동안 왕녀 하나만이 있었을 뿐이었다. 그와 대조적으로 재상가에는 자식이 많았다. 때문에 '재상 각하는 국왕 폐하의 교육 담당이시면서도 아이 만드는 비결까지는 전수할 수 없었나?'라는 등 질 낮은 농담의 소재 거리가 되기도 했다.

　그런 때, 제오르디스가 오랫동안 존재가 비밀에 부쳐진 왕자라고 대대적으로 선전하며 이달의 계산에 따라 왕궁으로 '돌아왔다'.

　랑드레이가 상당히 고령이라는 점을 생각하면 국왕 교대는 시간문제였다. 그리고 이달이 바라는 '강한 왕'으로서 제오르디스가 즉위하면 소국의 왕처럼 행동하는 각지의 영주를 제압하고 국왕의 권위를 되찾기 위해 움직일 것은 틀림없었다.

　카슈반 자신은 실딘 구귀족들이 속닥거리는 것처럼 왕위에 야심을 품지는 않았다. 제오르디스는 그 사실을 알고 있었다.

　그러나 자신이 '강한 왕'으로서 그의 머리 위에 군림하려 들면 정중히 사양할 것이라는 사실도 잘 알고 있었다.

　"아이쿠 맙소사. 나는 그라네우스 숙부님도 에르 누님도 지스

형님도 카슈도 전부 다 좋아하는데……. 저기, 플로리안. 왜 내가 좋아하는 사람들은 나를 좋아하지 않을까?"

제오르디스는 누나이자 오델 가에 강혼한 전 왕녀 에르티나 오델과 그 남편인 지스칼드 오델의 이름을 입에 올리며 키득키득 웃었다.

"……앞으로 어쩌실 생각입니까?"

플로리안은 거짓말을 못하는 성격이다. 도발적인 질문에는 대답하지 않고 대신 다른 질문을 던졌다.

"물론 왕궁으로 돌아갈 거야. 오가는 길에 여기저기 많이 들렀으니까. 이달이 빨리 돌아오라고 시끄럽게 굴어."

"왕궁으로 돌아가신 후에는 어쩌실 겁니까?"

플로리안은 지나치게 간결한 그 대답에 만족하지 않고 한층 더 추궁했다.

"라그라드르나 '날개의 기도' 교단과 손을 잡고 재상 각하가 바라는 대로 '강한 왕'으로서 왕좌에 오르실 겁니까? ……그것이 정말 당신의 바람입니까?"

낮게 눌러 죽인 목소리로 질문하는 플로리안의 표정은 조금 전과는 비교도 할 수 없을 정도로 험악했다.

뮤제는 한층 더 겁먹은 얼굴을 했다. 그러나 제오르디스는 벌벌 떠는 약혼녀의 어깨를 안은 채 표표하게 되물었다.

"성녀 아셸은 왜 마지막까지 신을 배신하지 않았다고 생각해?"

성녀 아셸.

멀고 먼 옛날, 그 누구도 신을 믿지 않게 되었던 때에 오직 혼자서 끝까지 신앙을 관철했다고 하는 전설의 소녀. 그 존재가 국교 '날개의 기도'의 근간을 이루고 있다.

제오르디스가 또다시 갑자기 이야기를 바꾸자 플로리안은 한순간, 쏘아죽일 것 같은 눈초리로 주군을 노려보았다. 그러나 왕자의 팔에 안긴 여동생을 떠올리고는 평정을 가장하기 위해 노력했다.

"……그만큼 강한 신앙심을 가졌기 때문이었겠지요."

"거의 맞았는데, 아니야. 정확하게는 신과 그렇고 그런 사이였기 때문이야. 아셀은 분명히 신의 여자였겠지."

"……그게 무슨!"

하극상의 풍조에 휘말려서 '날개의 기도' 교단의 구심력이 약해지긴 했다. 허나 아무리 그렇다 해도 일국의 왕자가 국교에 관해 대체 무슨 소리를 하는 것인가.

플로리안은 할 말을 잃었다. 그러나 제오르디스는 플로리안의 반응에도 뉘 집 개가 짖느냐는 태도로 독자적인 해석을 입에 올렸다.

"정말로 부러워. 전 세계 사람이 등을 돌렸는데도 오직 한 소녀만은 박해를 받아도 한층 더 신을 사랑했다. 그거야말로 남자의 행복이지, 그렇지? 뮤제."

"……아, 예……."

뮤제가 고개를 숙이면서 순종적으로 고개를 끄덕였다. 그 모습을 직시하기 괴로워서 플로리안은 살짝 시선을 돌렸다.

완고해 보이는 옆얼굴에 제오르디스는 한층 더 불손한 질문을 던졌다.

"있잖아, 신의 여자를 낚아챌 수 있다면, 그 녀석은 신 이상의 존재가 될 수 있을까?"

플로리안은 헉, 숨을 삼켰다. 제오르디스는 자신을 바라보는 플로리안에게 웃어 보였다. 밝고 쾌활하게.

"왕자님, 당신은……."

"자, 이제부터는 서로 사랑하는 두 사람만의 시간이야."

제오르디스는 상처를 일그러뜨리고 웃으며 플로리안이 경악하는 모습에는 아랑곳하지 않고 뮤제를 가슴에 끌어안았다.

"왜 그러지? 플로리안. 너는 이제 물러가라. 아아, 기제의 활약은 충분히 치하해주라고."

"—알았습니다."

플로리안은 카슈반과 그라네우스의 동향을 파악해 온 암살자 소년의 이름을 듣고 예의 바르게 고개 숙여 인사했다. 본래 자세로 되돌아오는데 약간 시간이 걸린 까닭은 물론 끓어오르는 분노를 억제하기 위해서였다.

냉정함을 되찾은 플로리안은 뮤제를 시야에 담지 않도록 조심하면서 방에서 나가려고 했다. 그때.

"왜 그렇게 날 싫어하지? 플로리안."

갑작스러운 질문에 플로리안은 저도 모르게 뒤를 돌아보았다. 그러자 이제는 완전히 익숙해진, 어딘가 비뚤어진 웃는 얼굴이 보였다. '도서관의 유령'이라고 불리면서, 있어도 없는 사람처럼 취급받던 때와 조금도 달라지지 않은 표정.

"너희 두 남매의 충의에 대한 보답으로, 귀족이라고는 하나 이름뿐이던 빈곤한 생활에서 구제해줬잖아. 네게 무엇보다도 소중한 여동생은 장차 왕비가 될 몸이라고? 이제는 쭈그렁 할아범들이 손을 뻗칠 일도 없겠지."

제오르디스의 말이 계기가 되어 떠오른 것은 불쾌한 일뿐이었다. 자작이라고는 해도 이름뿐이던 빈곤한 귀족가에서 태어난 남매, 특히 뮤제의 청초한 미모를 제 것으로 만들려고 노리는 무리는 끝이 없었다.

그 탓에 원래부터 얌전하고 낯가림이 심하던 뮤제는 여러 일로 완전히 남자를 무서워하게 되었다. 그래서 플로리안은 의식주를 보장해준다는 이유를 대고 뮤제를 '날개의 기도' 교단에 집어넣으려고 했다. 그런데 그때, 뮤제는 처음으로 소리 높여 오라버니에게 반항했다.

'성직자가 되기는 싫어요. 저를 다른 곳에 보내지 말아주세요, 오라버니……!!'

보기 드물게 감정적인 모습으로 플로리안의 가슴에 매달렸던 여동생은 지금은 제오르디스의 팔에 안겨 있었다. 볼 때마다 플로리안을 후회하게 만드는 광경이었다. 역시 왕궁의 사관(仕官)을 맡는 것은 때려치웠어야 했다. 아무리 남매가 함께 지낼 수 있다는 좋은 조건이 딸려 있었다고 하더라도.

"너도 마찬가지야. '순결한 은기사', 깨끗한 것밖에 허용하지 못하는 플로리안. 익숙지 않은 입에 발린 소리와, 아첨을 떨지 않아도 좋을 지위를 겨우 손에 넣었다. 젊은 애인을 원하는 귀부인들 유혹에 질릴 필요도 없어. 그런데 대체 뭐가 불만이지?"

"……저는 당신께 감사하고 있습니다."

그것은 결코 거짓말이 아니다. 플로리안은 감사함 이외의 감정은 눌러 죽이고 그대로 방 밖으로 모습을 감추었다.

"……앗!"

문득 제오르디스가 오라버니의 모습을 눈으로 쫓던 뮤제의 아래턱을 가볍게 들어 올렸다.

그 순간, 뮤제가 몸을 뒤로 빼려고 했다. 제오르디스는 그것을 용납하지 않았다. 한 손을 뮤제의 등에 두르고 떨고 있는 눈을 들여다보았다.

"뮤제는 나를 좋아해?"

"좋, 아…… 합니다."

몇 번이나 반복되었던 질문에 뮤제는 항상 하던 식으로 대답했다. 제오르디스는 황홀한 듯 눈을 살짝 가늘게 뜨더니 뮤제의 등에 흐르는 은색의 머리카락을 쓰다듬으며 귓가에 입술을 가까이 갖다 댔다.

"아아 뮤제. 정말로 내게 딱 맞는 여자다……."

"……아얏……!!"

다음 순간, 그 머리카락을 움켜쥐고 콱 잡아당겼다.

"……최악의 쓰레기야."

제오르디스는 달콤한 목소리로 속삭이는, 눈물을 글썽거리는 뮤제의 머리카락에서 손을 뗐다. 혀를 내밀어 뮤제의 눈물을 훔쳐준 뒤, 히죽 웃으며 천박한 제안을 했다.

"오늘 밤은 너를 알리시아라고 부를 거야. 괜찮지?"

'사신 공주' 알리시아. 돈 때문에 카슈반 라이센에게 팔린 아내. 제오르디스의 마음에 살고 있는 몇 안 되는 여인 중 한 명.

"자, 이리 와. 알리시아. 두 사람이서 지낼 수 있는 밤은 짧아. 함께 즐기자고. 카슈보다 기분 좋게 해줄게."

"……예……."

뮤제는 약혼자의 장난에도 순종적으로 고개를 끄덕였다.

제오르디스는 호리호리한 그 몸을 강하게 끌어안으며 키득키득 웃었다.

"자, 슬슬 디네로에게 떠나겠다고 말해줄까나…… 그렇게 좋은 녀석에게 더는 미움 받고 싶지 않으니까."

자신이 머무는 이 저택의 주인, 디네로 아즈베르그 공작의 이름을 듣고 뮤제는 눈썹을 살짝 찡그렸다. 그러나 아무 말도 하지 않고 천천히 눈을 감았다.

"이달이, 어머니가 바라는 강한 왕이 되면…… 나는 행복해질 수 있어. 그렇지? 알리시아."

계속 이어지는 헛소리도 뮤제의 감은 눈을 뜨게 하지는 못했다.

[제1장] 2년째의 봄

　실딘 왕국 북쪽 변경, 아즈베르그 지방.

　기복이 심하고 척박한 이 지방은 본격적인 봄이 찾아와도 남쪽 페이트린 지방과는 비교도 할 수 없을 만큼 기온이 낮다. 특히 동쪽 레이덴 지방과 경계를 이루는 산맥 일대는 아직도 눈으로 된 모자를 뒤집어쓰고 있는 실정이었다.

　그렇다고 해도 아즈베르그의 백성에게는 괴롭고 힘든 겨울을 극복하고 겨우 맞이한 대망의 봄이었다. 더불어 올해 봄에는 성대한 연회를 개최했다. 단순히 겨울이 떠났다고 축하하는 자리가 아니었다.

　"마님, 생일 축하합니다!!"

　열의에 가득 찬 대합창이 아직은 차가운 바깥 공기를 다 날려버리려는 듯이 광장에 가득 울려 퍼졌다.

　"모두 고마워요."

　따뜻한 축하 인사에 웃는 얼굴로 손을 흔든 자는 광장 북쪽에 설치한 자리에 앉아 있던 안경을 쓴 소녀였다.

　황갈색 긴 머리카락에 윤기 흐르는 피부를 갖고 있었지만, 얼굴 생김새는 기껏해야 '그럭저럭 귀여운' 수준이었다. 왜소하고 마른 체구에 한없이 빈약한 가슴, 더불어 전 남편을 살해했다는 소문 때문에 '사신 공주'라고 불리고 있었다.

그러나 소녀가 카슈반과 두 번째 결혼을 하면서 아즈베르그 지방에 온 지 벌써 1년이 지났다. 오늘로 16세인 알리시아 라이센은 긴 식탁 옆자리에 앉은 남편과 마찬가지로, 이 땅을 통치하는 자로서 영민에게 차츰 받아들여지고 있었다.

"이렇게 많은 분께 축하를 받다니. 저, 처음이에요. 음식은 잔뜩 마련했으니 여러분도 마음껏 즐겨주세요. 남기면 아깝기도 하니까요. 하지만 남은 음식은 싸 갖고 가도 괜찮겠네요."

명문가 태생이면서 오랫동안 빈곤한 생활을 해온 탓에 알리시아의 언동은 이따금 매우 좀스러울 때가 있었다. 본인이 방실방실 웃고 있으니 그 누구도 말을 못 했지만, 광장에 일순간 무척 거북한 공기가 감돌았다.

"……아. 다들, 아내의 생일을 축하하러 와 주어 고맙게 생각한다."

애매한 침묵을 끝내버리려고 알리시아의 남편이 천천히 자리에서 일어섰다.

검은 머리카락에 검은 눈동자, 복장도 거의 검은색 일색으로 통일한 키다리 남자. '아즈베르그의 폭군'으로 악명 높은 카슈반 라이센이었다.

명문가 아가씨라고는 생각할 수 없는, 쉽게 친밀해질 것 같은 느낌을 주는 아내와 대조적인 분위기였다. 하녀에게서 태어난, 야심을 가진 신흥 귀족이라는 소문이 도는 카슈반은 체격도 좋고 위압감이 넘쳤다. 영주가 입을 열기가 무섭게, 조금 전까지 여기저기에서 들리던 잡담 소리가 일제히 딱 그쳤다.

"길었던 겨울은 끝났다. 작년 풍작 기원제에는 다소 마가 끼긴 했지만, 오늘은 마음껏 즐겨주길 바란다. 우리 영지와 영민에게 영구히 행복이 함께하기를."

카슈반은 국교 '날개의 기도' 교단을 비웃는 듯한 조각상이 넘치는 저택에 살고 있고, 또 신을 싫어하기로도 유명했다. 일반적으로는 '신의 축복' 혹은 '날개의 수호' 등 가르침 구절을 사용했을 부분에 스리슬쩍 다른 표현을 끼워 넣었다.

혹독한 자연환경 탓인지 아즈베르그 지방에는 다른 지방에서는 매년 줄어들기만 하는 '날개의 기도' 교단의 독실한 신자가 많다.

그래서 신을 믿지 않는다고 서슴지 않고 공언하는 영주에게 반감을 품은 자도 아직 많았다. 하지만 카슈반이 영민을 생각하는 마음 자체는 전해진 모양이었다.

"카슈반 님 만세!! 알리시아 님 만세!!"

"폭군과 사신 공주의 수호를 받는 우리 아즈베르그에 행복 있으라!!"

처음에 큰 목소리로 외치기 시작한 이들은 초기부터 카슈반의 방식에 공감해 자주적으로 자경단을 만든 젊은이들이었다.

그러나 그 열의는 자연스럽게 주위에 전파되었다. 이윽고 남녀노소 가릴 것 없이 광장에 모인 자라면 누구나 웃는 얼굴로 기쁨과 축복의 말을 입에 담았다.

그 모습을 바라보는 카슈반의 입술에도 감개무량한 미소가 떠 있었다. 파란만장한 인생을 보내온 탓인지, 알리시아가 '33세 정도로 보인다'고 말한 적 있는 투박한 얼굴에 지금까지 한 고생을 보답 받았다는 환희의 빛이 번져 있었다.

"—딱딱한 이야기는 이로써 끝이다. 이제부터는 마음껏 즐겨라."

카슈반은 퉁명스럽게 말을 매듭짓고 준비되었던 자리에 앉았다.

그에 맞춰 오늘을 위해 불러온 악단이 화려하게 장식한 광장 중앙에서 떠들썩하게 연주하기 시작했다. 이윽고 여기저기에서 사람들이 둥글게 원을 만들며 춤을 추기 시작했다. 술과 요리는 사람들 속으로 날라져서 사라졌다.

"다행이에요, 카슈반 님. 모두 카슈반 님을 잘 따르는 것 같아 안심했답니다."

알리시아는 불에 막 구운 새고기를 찢어서 나누어주는 남편에게 기쁜 듯이 말을 걸었다.

"아직도 시시한 험담을 늘어놓는 녀석들이 있지만. 뭐……일단 오늘은 쓸데없는 소동이 벌어지지는 않겠지."

쑥스러워하는 것일까, 대꾸하는 카슈반의 어조가 약간 쌀쌀맞았다. 카슈반은 재빨리 새고기를 입에 넣고 우물거리는 아내를 바라보았다.

"……또 네 생일을 정치에 이용해서 미안하다."

"웅웅?"

"……아니, 먹는 데 방해해서 미안하다."

카슈반이 쓴웃음을 지었다. 그런 카슈반에게 알리시아는 입안에 든 새고기를 완전히 삼킨 뒤, 고개를 저었다.

"아뇨, 저도 무척 기쁜걸요. 이런 식으로 많은 분에게 생일 축하를 받은 적은 처음이니까요. 딱 좋을 때에 태어나서 정말 다행이에요."

빈곤한 생활 탓에 싸게 입수할 수 있는 공포 소설을 좋아하게 된 아내를 위해 진귀한 책을 찾고 있다.

카슈반은 그런 명분을 들어 국내에 전령을 보내 '도서관의 유령' 제오르디스 왕자에게 대항할 아군을 찾고 있었다.

오늘 벌어진 축제도 원래는 봄을 축하하려고 매년 열리는 것이었다. 그러나 카슈반은 언젠가 제오르디스와 충돌할 것을 대비해 우선 영지 내에서 입지를 굳히고 싶어 했다. 그래서 카슈반의 의향에 따라 평소 열던 축제와 알리시아의 생일 축하 잔치를 함께 열었다.

영주 부부와 영민의 유대감을 강화하기 위한 행위였지만, 어쨌든 그 노림수는 어느 정도 성공을 거두었다고 할 수 있었다. 요 1년간 깊은 친교를 다진 다른 영지에서 요리와 술을 대량으로 아낌없이 지원받은 아즈베르그 백성들은 이제는 기다리고 기다리던 봄을 즐기고 있었다.

"게다가 아즈베르그 봄맞이 축제는 매우 성대하게 치러진다고 들었답니다. 이렇게 전망이 좋은 장소에서 축제에 참여할 수 있어서 정말 기뻐요!!"

작년 풍작 기원제 때 사용했던 기둥은 쌓이는 눈을 버티지 못하고 쓰러졌다. 그래서 나무를 새로 잘라서 만든 기둥이 광장 여기저기에 몇 개나 세워져 있었다. 기둥과 기둥을 연결하는 장식 끈에 매달린 장식물은 작년 풍작 기원제 때와 다를 바 없었다.

그러나 아즈베르그에서는 짧은 시간만 즐길 수 있는 생화가 장식으로 넉넉하게 쓰이는 점이 눈에 두드러졌다.

길고 괴로운 겨울을 견뎌야 하는 땅이기에 봄을 맞이해 기뻤으리라. 평소에는 딱딱하고 고집스럽다는 인상이 강한 아즈베르그 주민은 완전히 들떠서 떠들썩하게 먹고 마시고 있었다.

"가능하다면 이번에야말로 돼지 머리뼈를 매달고 싶었지만, 유감스럽게도 좋은 물건을 구할 수가 없었답니다……. 하지만 축제는 다음에도 또 열리니까요."

알리시아가 황홀한 모습으로 이루지 못한 꿈을 이야기했다. 카슈반은 그런 아내를 바라보며 한숨을 내쉬었다.

"……여전히 사리 분별이 너무 뛰어난 공주님이야. 그 분별력으로 돼지 운운은 그만둬 줬으면 좋겠는데……."

주어진 것을 불평하지 않고 받아들이고, 무슨 일에든 거스르지 않는다.

'특별함'을 만드는 '사치'를 계속 피해온 알리시아를 보는 카슈반의 눈에는 어딘가 애절한 빛이 담겨 있었다.

그러나 작년까지와는 다르게 알리시아에게 '특별한' 존재가 되었다는 자신감이 그 애절함을 밀어내 주었다.

"좀 더 떼를 써도 돼. 예를 들면……."

천에 덮인 식탁의 그림자 속에서 카슈반은 살짝 알리시아의 오른손을 잡았다.

"……빨리 두 사람만 남아서 러브러브한다든가."

"앗……."

방심하고 있던 알리시아는 갑작스러운 접촉에 '배가 아파' 와서 얼굴을 빨갛게 물들였다. 이때 '배'란 본래 의미하는 것보다 좀 더 윗부분을 말한다.

"아, 저기…… 떼라니, 그, 서, 선물은 잔뜩 받았고…… 멋진 서적으로 가득 찬 도서실, 거기에…… 그, 저기…… 이 반지도……."

알리시아는 횡설수설 중얼거리면서 자신의 손가락에 얽힌 손가락에 시선을 떨어뜨렸다. 그곳에서 알리시아가 카슈반에게 주었던 사랑의 징표도 볼 수 있었다. 그것을 발견하고 카슈반도 훗 웃었다.

"그래. 너한테도, 받았지. ……매우 기쁘다."

카슈반이 살짝 득의양양한 어조로 말한 것은, 얼마 전에 알리시아가 준 결혼반지였다. 제오르디스가 꾀를 빌려줬다는 사실이 줄곧 마음에 걸렸지만, 그래도 아내에게 처음으로 선물을 받았다는 사실이 순수하게 기쁜 모양이었다.

"카슈반 님……."

달콤한 속삭임 이외의 모든 소리가 알리시아의 귀에서 멀어졌다.

광장에서는 그새 빨리도 취한 남자 한 명이 옷을 벗어 던지고 난동을 부리고 있었다. 그에 맞장구치는 목소리와 행동을 비난하는 목소리가 뒤섞여 광장은 북새통이었다. 평소의 알리시아였다면 '어머, 무슨 일일까요?'라며 보러 가려고 하다가 카슈반에게 제지당했을 것이다. 그러나 지금 알리시아의 머릿속에는 카슈반밖에 없었다.

"……카슈반 님, 마님. 그다음은 정말로 두 분만 남으시거든 해주시면 안 될까요? 특히 카슈반 님. 사람들이 기껏 좋은 영주로 인정해주는데, 너무 교태부리는 얼굴을 내보이지 않는 편이 좋겠습니다만."

그대로 키스라도 하려는 듯이 고양된 분위기를 자연스럽게 견제한 사람은 하녀인 노라였다.

아름다운 빨간 머리와 풍만한 가슴, 미모가 자랑거리인 노라는 알리시아가 막 재혼했을 무렵에는 카슈반의 애인이라고 주장했었다. 그래서 늘 부부만의 달콤한 분위기를 부수는 일을 해왔었다. 그러나 이번에는 질투 때문이 아니라 정말로 두 사람의 상황을 배려해서 꺼낸 말이었다.

"호오. 노라, 이제는 뭘 좀 아는군. 역시 진정한 사랑이 생기니까 태도가 달라지는데."

우선 알리시아에게서 손을 뗀 카슈반이 히죽 웃으면서 노라를 바라보았다.

"지, 진정한 사랑이요? 대체 무슨 말씀이신가요?"

그 말에 노라가 눈에 보일 정도로 낭패스러워했다. 그때였다.

알리시아 앞에 갈색 머리카락을 가진 젊은이가 와서 섰다.

"오랜만입니다, 알리시아 님. 생일 축하드립니다! 역시 현금을 드리는 건 예의가 아닐 듯해서 제대로 된 선물을 준비했답니다!!"

밝게 웃는 얼굴로 축사를 늘어놓은 자는 카슈반의 피후견인인 티르나드 레이덴이었다. 그 대각선 뒤에는 긴 검은 머리카락을 하나로 묶은 안경 낀 청년이 조용히 대기하고 있었다. 티르나드의 집사 겸 교육 담당인 세이그람 알레이였다.

"그나저나 벌써 생일이라니, 시간 한번 빠르군요. 그때로부터 벌써 1년인가…… 정말로 여러 가지 일이 있었지요."

뭔가를 곰곰이 생각하는 얼굴로 중얼거리는 티르나드의 표정은 조금 어른스러워 보였다. 티르나드는 예쁘장하게 생긴 외모와 뼛속 깊이 배인 도련님 기질 때문에 어린아이 같은 인상이 강했다. 그러나 요 1년간 일어난 일을 겪으며 한층 성장했다.

작년 겨울 이후 티르나드는 잠시 영지인 레이덴 지방으로 돌아가 있었다.

제오르디스와 재회할 때마다 그에게 괴롭힘을 당했던 과거를 떠올리게 되었고, 그 때문에 몸이 안 좋아졌기 때문이었다.

지금도 얼굴빛이 약간 좋지 않았다. 그러나 동작에 부자연스러운 점이 없는 걸 보면 상처가 드디어 완치된 모양이다.

"레이덴 백작님, 오셨군요. 일부러 고맙습니다. 노라, 노라의 진정한 사랑이 오셨어요."

"아앗 마님까지?!"

알리시아마저도 명랑하게 쐐기를 박자 노라의 목소리가 뒤집어졌다.

티르나드도 기껏 보이던 어른스러운 모습은 어디다 팔아먹었는지 갑자기 허둥거리기 시작했다.

"어, 앗, 엇 진정한 사랑?! 아니, 그게 아니라면 좀 곤란하지만 우, 우와와와."

혼자서 무슨 말인지 전혀 모르겠다고 시치미 뚝 뗀 얼굴을 하던 세이그람이 표정을 바꾸지 않고 그의 자랑인 채찍을 꺼내 들었다. 그러나 오랜만에 재회한 기쁨에 정신이 팔렸는지 티르나드도 노라도 상대방만을 바라보고 있었다.

"아, 노라와도 만난 지 1년이 됐나. ……처음에는 그게, 미안했다, 여러 가지로."

"아, 아뇨, 저야말로…… 그, 그저 응석받이 도련님이라고만…… 하지만, 지금은……."

세이그람이 위협하듯이 채찍으로 손바닥을 내려쳤다. 그것을 곁눈으로 슬쩍 살핀 카슈반은 제안했다.

"자 그럼, 알리시아. 나는 애인에게 완벽하게 차였나 보다. 여기서는 꼴사나운 짓 말고 둘만 있게 해주는 편이 좋겠지? 티르, 노라. 인사는 나중에 하지. 티르도 어차피 며칠 동안은 묵고 갈 거 아니냐?"

"아, 으, 응."

아까부터 알리시아에게 생일 축하 인사를 하려고 힐끗거리는 사람이 몇 명이나 있었다.

지금은 가족이나 마찬가지인 티르나드 일행은 축제가 끝난 뒤, 아즈베르그에서도 한층 변경에 있는 라이센 저택에 머무를 예정이었다. 정치적 색채를 띤 이 축연에서 라이센 부부는 한 사람이라도 많은 손님과 교류를 갖는 편이 좋았다.

　"그럼 알리시아 님, 나중에 뵙죠……. 저기…… 그리고, 노라를 잠시 빌려도 될까요……?"

　머뭇머뭇 티르나드가 요청한 순간, 세이그람의 손에 들린 채찍이 공기를 가르는 소리가 높이 울려 퍼졌다.

　"티르나드 님. 이 암고양이와 단둘이 있으시려는 겁니까? 거기에 저와 만난 지도 1년이 되었습니다. 그리고 무엇보다 당신의 가치를 가장 먼저 알아차린 사람은 바로 접니다."

　명문 레이덴 가 당주인 티르나드에게 똑같이 명문가 출신인 후손을 붙여주고 싶다는 것이 세이그람의 바람이었다. 더불어 아직도 알리시아가 신부 후보에 들어가 있었다.

　"아, 아……, 아니, 그건 아니고, 너와 또, 그…… 호위랑 해서 네 명이 같이 있어도 괜찮은데……."

　티르나드는 신뢰한다 해도 역시 무서운 집사에게 타협안을 제시했다.

　반면 세이그람은 주인이 입에 담은 '호위'라는 한마디에 반응해서 알리시아 쪽을 바라보았다.

　"알리시아 님, 우리 레이덴 가 호위도 당신과 '아드님'에게 생일 선물을 건네고 싶다고 합니다. 죄송합니다만, 나중에 시간을 조금 내주셨으면 합니다."

'호위'란 제다, '아드님'이란 루아크를 말한다. 두 사람 다 지금은 해체된 암살자 집단 '장난감 군대'의 전 구성원으로, 현재는 각각 레이덴 가와 라이센 가를 모시고 있었다.

모시고 있다고 해도 라이센 가에서 루아크는 기본적으로 '아들'로 인식되고 있다. 원래 카슈반을 암살하러 찾아온 그는 우여곡절 끝에 가족의 일원이 되었고, 제다와는 서투르게나마 '형제' 관계를 구축하고 있었다.

"예. 제 '아들'도 형과 만나기를 기대하고 있으니까요."

알리시아는 해맑게 대답했다. 그 순간, 황갈색 머리카락 끝이 살짝 흔들렸다.

갑자기 부는 바람은 지금도 가까이에 있을 루아크의 신호이다. 그러나 지금 그것은 신호라기보다는 동요를 드러냈을 뿐인 것 같았다.

"아아, '아들'들도 때로는 자기들끼리 지내면 좋겠지. 그럼 나중에 보자."

카슈반도 스리슬쩍 말을 덧붙이고는 티르나드의 어깨너머로 힐끗 시선을 던졌다. 제다가 기쁜 모양인지 한순간 모습을 드러냈다. 카슈반은 그런 제다에게 가볍게 주의를 주었다.

"알리시아 님. 각지에서 생일 축하 선물이 도착했습니다!!"

레이덴 가 사람들과 노라가 자리에서 물러난 후, 그들과 스쳐 지나가듯이 들어온 이는 성실해 보이는 얼굴에 기쁨이 묻어나는 금발 청년. 카슈반의 소꿉친구 겸 집사인 트레이스였다.

"가제트 후작가에서 온 물건입니다. 축하 편지도 함께 보내셨으니 한번 살펴보십시오."

트레이스가 일부러 직접 갖고 온 것은 고명한 지방백 그라네우스 피랄 드 가제트 후작이 보내온 선물이었다. 실딘 왕국 각지에서 가문 이름을 지명으로 삼고 있는 지방백은 하나도 빠짐없이 전부 역사가 오래된 명문가다. 그러나 그중에는 알리시아의 친가인 페이트린 가처럼 하극상의 기운에 휘말려 몰락한 가문도 많았다.

가제트 가는 오래전 왕제를 조상으로 둔 왕가의 방계 일족, 그 존재는 지방백 중에서도 격이 달랐다. 현 당주 그라네우스는 정치에 관심이 없이 취미를 즐기며 사는 사람으로 유명해서 '악식 대공', '식인 대공'이라고 불리고 있었다. 그러나 사실은 카슈반이 머리를 숙이기 걸맞은 사람이라고 판단했을 정도로 훌륭한 인물이었다.

"어머, 가제트 후작님이요? 기뻐라. 분명히 멋진 책이겠죠."

그라네우스가 공포 소설을 여럿 쓴 작가라는 사실은 극히 일부만이 알고 있다. 그가 집필한 작품의 열렬한 애독자인 알리시아는 바로 값비싼 고급 천에 싸인 선물을 풀어보았다.

"이건…… '줄저녹'! 과연 가제트 후작님이시네요. 안목이 좋으세요."

알리시아가 예측한 대로 그라네우스가 보낸 선물은 입수하기 힘들기로 유명한 공포 소설계의 명작 '줄줄 저택이 녹아내리네',

통칭 '줄저녁'이었다.

"……노라를 다른 곳으로 보내버리길 잘했군."

카슈반이 공포 소설 때문에 생긴 마음의 상처가 아직 다 낫지 않은 노라를 생각하며 한숨을 쉬었다. 그 모습을 곁눈으로 바라보며 알리시아가 동봉된 편지를 열어보니, 유려한 필체로 이런 문장이 쓰여 있었다.

'생일 축하하네, 알리시아. 사랑하는 내 딸. 미안하네만 신작은 때를 맞추지 못해서 대신 읽고 싶어 하던 책을 보내네. 기뻐해 줬으면 좋겠군. 잠시 표면적인 교류를 삼가는 편이 좋을 것 같아 그리로 가지 못했네만, 괜찮다면 다음번에는 가제트 지방에 놀러 오게'

알리시아가 '언젠가 태어날 아이들의 할아버지가 돼주세요'라고 부탁했었는데, 아직도 기억하는 것 같았다.

"물론이에요."

알리시아는 책을 끌어안고 방긋 웃었다. 카슈반은 그런 아내의 얼굴을 곁눈으로 바라보며 '……젠장, 나도 찾고 있었는데'라며 신음했다.

그러나 상대는 그라네우스. 제오르디스에게 대항하고자 '장식에 불과한 왕'이 되어주겠다고 결의한 인간이다. 겉으로 불평을 드러낼 수는 없어서 그냥 작게 중얼거리는 정도로 그쳤다. 그때였다.

"알리시아! 생일 축하해!!"

숨을 헐떡거리며 달려온 자는 밝은 갈색 머리카락을 가진 젊은이, 류크였다. 묘하게 장식이 많은 옷에 온통 말라붙은 물감을 묻힌 채, 옆구리에는 소중히 그림을 한 장 끼고 있었다.

"겨우 완성했어, 내 새로운 경지! 꼭 방에 걸어줘야 해!"

류크는 화가로서 재능이 흘러넘칠 정도로 풍부했지만, 납기일을 지키는 재능은 멋질 정도로 없었다. 그런 류크로서 이번에는 꽤 잘한 셈이었다. 그림 그리기에서 류크의 제자에 해당하는 트레이스도 흥미로운 눈초리로 스승의 작품을 들여다보았다.

"어머, 멋져요!! 정말 근사한 악몽을 꿀 수 있겠어요!!"

류크가 내민 그림을 받아 든 알리시아는 천진난만하게 류크에게 물었다.

"저기 류크, 이 여자아이는 마물의 저주를 받았나요? 그렇지 않으면 마물? 눈이 빨개서 정말 근사해요……. 아, 그렇지 않으면 눈이 리고 열매로 되어 있나요? 얼굴 윤곽에서 튀어나와 있네요."

"아아, 분명히 그렇군요. 류크, 이건 대체…… 조, 조금 무섭잖아……? 정말로 악몽에 나올 것 같은…….."

솔직한 알리시아의 질문에 트레이스는 곤혹스러워했다. 반면 류크는 '뭘 모르는군'이라고 말하며 오히려 득의양양한 얼굴을 했다.

"그건 알리시아의 초상이야. 알리시아는 공포 소설을 엄청 좋아하잖아. 그 점을 생각해서 그렸더니 외면만이 아니라 내면까지 그려낼 수 있었어!!"

그라네우스에게 자신이 그린 그림이 '평범하다'는 말을 듣고 류크는 의기소침해 했다. 그러나 서서히 기력을 회복하는 사이 '뭔가'를 느끼고, 이 그림에 담은 모양이었다.

"지금까지의 나는 정확하고 세밀하게 그리는 게 가장 좋다고 생각했어. 하지만 지금은 달라! 트레이스 씨의 지지리도 서툴기 때문에 나오는 열정, 그것을 본받아서이아아아아아아!"

트레이스가 '……지지리도 서툴러……?'라고 되물으려 했다. 그러나 그보다도 먼저 카슈반의 주먹이 류크의 머리 위에서 작렬했다.

"뭐, 뭐 하시는 겁니까, 카슈반 님! 아─아, 알고 있습니다. 카슈반 님은 예술에 조예가 깊지 못하신 걸요. 하지만 들어주십시오. 제 혼이 폭발우와아아아앙 아파아아아아아아."

잠시의 빈틈도 두지 않고 류크의 머리에 주먹이 다시 내리꽂혔다. 머리가 터질 것 같은 통증에 류크가 울며 아우성을 쳤다. 그러나 카슈반은 그런 류크에게 호통을 칠뿐이었다.

"잘난 척 떠들지 마라, 초상화에 창작 기법은 필요 없잖아! 무엇보다 잘 보라고! 내 아내는 더 귀엽단 말이다!!"

내친김에 그라네우스에게 풀지 못한 울분도 함께 풀려는 것일까. 카슈반은 알리시아를 가리키면서 그렇게 주장했다. 그러던 찰나, 가까이에 있던 젊은이 몇 명이 수군대는 소리가 흘러들어 왔다.

"그런데 여성스러움이라고는 전혀 안 느껴지는 분인데, 영주님 취미는 저런 느낌인가 보네. 사신 공주는 왜 그, 사실은 초승달과도 같은 마성을 가진 미소녀라잖아? 색기 넘치는 거유 하녀라든가, 암살술에 뛰어난 미소년이라는 얘기도 있고."

"아니, 본래 모습은 몸집이 산처럼 크고 눈이 세 개라고도 들었어. 어쨌든 여러 모습으로 변신할 수 있겠지. 그래서 카슈반 님 취미에 맞춰 저런 빈유…… 아니, 검소한 가슴인, 별로 귀엽지도 않…… 아니, 검소한 외모로……."

"그런가? 나는 의외로 이쪽이 더 좋은데……."

주변의 소란스러운 소리에 묻혀 들리지 않으리라 생각한 모양이지만 대화 내용이 훤히 다 들렸다. 아무래도 '사신 공주'와 관련된 유언비어는 나날이 진화하는 것 같았다.

"그래요, 사람들은 저에 관해 저런 식으로 얘기하죠. 저기 류크. 이왕이면 이 초상화, 눈이 세 개 있고, 몸집은 산처럼 크고 뿔이 돋은 모습으로 그려줄 수는 있나요? 그쪽이 분명히 좀 더 악몽스러워요!"

알리시아 본인은 초상화를 나도는 소문에 맞춰주길 바랐지만, 카슈반은 투덜거렸다.

"정말이지, 저 녀석들은 대체 무슨 소리를 지껄이는 거냐. 분명히 막 결혼했을 때 알리시아는 좀 그랬을지 모르지만, 지금은 점점 귀여워지고 있잖아."

결혼 초에는 특별히 귀엽다고 생각하지 않았다는 자각이 있기는 한 모양이었다.

"하지만 나 이외에는 알리시아의 매력을 알지 못하는 편이 더 낫겠지……. 어이 트레이스, 조금 전 '의외로 이쪽이 더 좋다'라고 말한 녀석…… 주의해라."

"······카슈반 님, 걱정하실 필요는 없을 겁니다. 알리시아 님이 그렇게까지 귀엽게 보이는 사람은 아마 세계에서 당신뿐일 테니까요······."

류크의 폭언을 추궁하는 것도 잊고 트레이스는 피곤한 모습으로 한숨을 쉬었다.

이윽고 초상화를 다시 그리라고 명령을 들은 류크가 울며 자리를 떴다. 그 대신 알리시아의 앞에 서로 많이 닮은 모습인 청년과 소녀가 와서 섰다.

"오랜만입니다, 라이센 강공작 부인."

"오랜만에 뵙습니다. 아즈베르그의 변······ 아, 아니 강공작 각하, 알리시아 님."

"어머, 로벨 가의······ 로벨 자작님, 시이르 님, 오랜만이에요!"

알리시아는 긴장한 기색으로 인사하는 낯익은 얼굴을 보고 표정을 환하게 밝혔다.

몰락한 지방백 페이트린을 대신해 영지를 분할 통치하는 '페이트린 5가문' 중 하나, 로벨 가의 키리안, 시이르 남매였다. 알리시아는 동생 시이르와 때때로 편지를 주고받고 있었지만 직접 만나서 이야기하기는 반년만이었다.

"와주셔서 기뻐요. 맞다, 시이르 님. 이전에 편지에 썼던 '줄저녁'을 손에 넣었답니다! 다음번에 빌려드릴게요!!"

"……아, 예에, 감사합니다……. 저는 신경 쓰지 마시고 알리시아 님이 충분히 즐기신 후에 빌려주셔도 괜찮습니다……. 다음다음 해에 빌려주신다고 해도 아무 문제 없답니다……."

연애 소설을 좋아하는 시이르는 애매하게 말끝을 흐렸다. 두 사람은 책 취향이 완전히 다르다. 그래서 시이르는 알리시아가 추천하는 책을 읽으면 괴로웠다.

"아! 그보다, 저도 권할 만한 책을 갖고 왔어요! '꿈의 왕자님' 정도는 아니지만, 그게그게그게그게 정말로 멋진 남자가 나온답니다!"

시이르의 태도가 일변했다. 목소리에서는 열기가 느껴졌다. 주근깨가 나 있는 뺨이 홍조를 띠었다.

"제목은 '쌍두(雙頭)의 사랑'이라고 해요. 주인공의 상대는 쌍둥이 형제로 외모도 성격도 정반대지만 두 사람 다 정말 매력적이에요!! 형은 남작 가문의 자유분방한 후계자, 동생은 어릴 때부터 어디 기댈 곳 없는 성직자로 자랐답니다! 쌍둥이는 불길하다는 전승을 믿은 어머니 때문인데요, 주인공은 우연히 그 일을 알게 되고, 동생에게 형에게 복수할 수 있도록 협력하라는 말을 들어요. 하지만 실제로는 형도 동생의 불우한 처지를 매우 걱정하고 있는 걸 알고 형제 사이에서 격렬하게 흔들리죠. 그 끝없는 갈등이 정말, 정말정말정말정말 애절하면서도 근사해요!!"

"어머 멋져라. 불길한 쌍둥이의 전승이라니, 재미있겠네요."

여전히 알리시아와 시이르의 관점은 미묘하게 어긋났다.

"시이르, 진정해라. 축하드리러 온 자리에서 너무 흥분하지 마."

동생의 폭주를 보다 못한 키리안이 황송한 얼굴로 시이르를 말렸다.

"시끄러운 동생이라 죄송합니다, 강공작 부인."

"아뇨, 신경 쓰지 마세요. 책 이야기를 할 수 있어서 저도 기쁩니다. 아아, 게다가 시이르 님 혹시 '꿈의 왕자님'의 속편을."

무심코 말실수를 할 뻔한 알리시아의 입을 카슈반이 잽싸게 막았다. ……그라네우스가 '꿈의 왕자님'의 작가라는 사실은 시이르에게는 가르쳐주지 않는 편이 정신 건강상 좋으리라.

"강공작 각하?"

"아니, 아무것도 아닙니다. 신경 쓰지 마시길. 오늘 와주셔서 감사합니다. 페이트린은 알리시아가 태어난 곳이니 그 땅을 통치하는 로벨 자작가와는 앞으로도 친하게 지내고 싶습니다."

카슈반은 자신의 행동을 얼버무리려는 마음 반, 본심 반을 섞어 말했다. 키리안의 얼굴에 약간 쓸쓸한 웃음이 떠올랐다.

"크게 도움이 될 수 있을지 없을지…… 무엇보다 지금은 저택을 유지하는 정도만으로도 빠듯해서요. 그…… 이전에 지원해주시던 분의 원조를 그다지 기대할 수 없는 상황이니까요……."

'페이트린 다섯 가문'은 원래 농민에서 갑자기 벼락출세한 신흥 귀족이다. 그리고 로벨 가는 그중에서도 다섯 번째였다.

양친을 갑작스러운 사고로 잃고 곤궁한 상황에 빠졌던 키리안

남매에게 손을 내민 이는 지금도 강한 권력을 가진 명문 지방백 지스칼드 오델 후작이었다. 그러나 로벨 가를 통해 페이트린 지방을 장악하려던 속셈을 간파당한 데다가, 그 때문에 왕가에 미운털이 박히는 신세가 되자 지스칼드는 원조금을 확 줄여버렸다는 모양이었다.

"……이야기는 들어 알고 있습니다. 다행히 저희 땅은 어느 정도 재정이 안정되었으니 필요하시다면."

"아, 아뇨. 그 건에 대해서입니다만, 레이덴 백작은 오셨습니까……?"

카슈반의 제안을 키리안은 조심스러운 기색으로 가로막았다.

"앗, 어머. 레이덴 백작님이요?"

여기서 갑자기 티르나드의 이름이 나오자 뜻밖이라고 생각한 알리시아가 되물었다. 카슈반도 눈썹을 찡그렸다. 또 무슨 일이라도 저질렀나. 눈이 그렇게 말하고 있었다.

"티르가 무슨 잘못이라도?"

"여기 와 계시다면 꼭 인사를 드리고 싶습니다……. 항상 크게 신세를 지고 있으니까요."

키리안만이 아니라 시이르의 입가에도 희미하게 친애의 미소가 떠올랐다.

"부끄러운 이야기입니다만, 실은 몇 번인가 레이덴 백작께 원조를 받았습니다. 은인이라고 생각했던 사람에게 배신당하는 아픔을 잘 안다고 말씀하시면서…… 그분은, 정말로 상냥한 분이세요."

"어머…… 그랬군요."

알리시아는 처음에는 뜻밖이라는 기분으로 듣고 있었지만, 이야기를 다 들었을 무렵에는 수긍했다.

작년 페이트린에서 남매가 지스칼드에게 버림받은 그때, 티르나드는 키리안에게 '힘이 될 수 있다면 좋겠다'고 말을 걸었다. 그 말을 그저 사교성 인사로 끝내지 않고 실행하고 있었다. 전 후견인이었던 유란 및 많은 자에게 몇 번이고 이용당한 끝에 버림받아 온 과거의 자신과 로벨 남매를 겹쳐 보았으리라.

"……티르가, 그런 일을?"

알리시아와 마찬가지로 카슈반도 금시초문인 모양이었다. 그 반응을 보고 키리안은 자신이 그의 기분을 상하게 했다고 생각한 모양이었다. 얼굴이 새파랗게 질렸다.

"아아, 후견인인 당신께 이야기하지 않았습니까? 저, 부디 레이덴 백작에게 화내지 말아 주십시오. 제가 그분 호의에 기대고 있었을 뿐이니……!"

"……아니, 천만에요. 저도 같은 기분이었으니까요. 티르도 슬슬 독립할 시기가 가까워져 오고 있고, 자금은 레이덴 가 돈주머니에서 나가고 있습니다. 어지간한 일이 아니면 알아서 판단하라고 맡기고 있으니까요."

카슈반은 쓴웃음을 지으면서 화내는 것이 아니라는 뜻을 나타냈다. 그러면서 트레이스에게 로벨 남매를 티르나드에게 안내해 주라고 지시를 내렸다.

"내가 불순한 의도로 원조할 필요도 없었나. 세이그람이 꾀를 빌려주었을지도 모르겠지만, 꽤 하는군. 그 도련님."

티르나드의 행동에 감탄한 기색으로 카슈반은 만족스럽게 웃었다.

"그러네요. 페이트린은 지력이 풍부한 곳이니까 먹고사는 정도는 어떻게든 된답니다. 하지만 저택을 유지하는 데에는 상당한 돈이 있어야 하거든요."

"······알리시아, 분명히 페이트린이 풍요로운 토지이긴 하지만 '비료불요초'를 먹으면서 연명할 수 있는 사람은 너 정도뿐이다······."

'비료불요초'란 아즈베르그 페이트린 양쪽 지방에서 자생하는 유독 식물이다.

모든 일을 자신을 기준으로 생각하는 것도 생각해볼 필요가 있는 문제라고, 카슈반은 살짝 쐐기를 박았다.

그러고 있는데 또다시 알리시아의 앞에 사람 그림자가 와서 섰다.

이번에는 누구실까요? 그렇게 생각하며 앞을 바라보려니 위세 좋은 목소리가 알리시아를 불렀다.

"알리시아 페이트린 님!"

"안녕하세요. 어머, 그런데 저는 알리시아 라이센이 된 지 벌써 1년이 지났는데요."

처녀적 성으로 알리시아를 부른 적갈색 머리카락의 젊은이는 또다시 큰 목소리로 사죄를 했다.

"그만 실례를 했습니다! 나, 아니 저는 알렉트르 켈반, 위대한 아즈베르그 가에서 견습 집사직을 맡고 있습니다! 정말 영광스러운 일이 아닐 수 없습니다!"

실례했다고 말하는 것치고는 힐끗 카슈반을 쳐다보는 눈초리가 매서웠다. 무엇보다 현 영주가문인 라이센 가 당주 앞에서 몰락한 지방백인 아즈베르그 가를 찬양하는 말을 하다니, 배짱이 보통이 아니다.

카슈반은 말없이 자리에서 일어서 알렉트르라고 이름을 댄 청년을 지그시 바라보았다.

"……몇 번인가 본 적이 있는 얼굴이군, 너. 그리고 볼 때마다 날 노려보는 것 같은데, 기분 탓인가?"

남편의 말에 알리시아는 눈앞의 젊은이가 아즈베르그 가 당주 디네로 아즈베르그와 함께 몇 번인가 저택에 온 적이 있었다는 사실을 떠올렸다. 그렇다고는 해도 알리시아는 아직도 남편을 저택의 기둥과 헷갈릴 정도였다. 생김새는 어렴풋이 기억하는 정도였다.

"기분 탓이 아닐까요? 아즈베르그의 폭군이라고 불리는 분께서 소심한 말씀을 하시는군요."

한순간 움찔했지만 알렉트르는 강한 태도로 말을 되받아쳤다. 알렉트르는 체구가 좋은 사람이 많은 아즈베르그 주민치고는 체구가 작은 편이었다. 그러나 지지 않으려는 기질만큼은 강했다.

카슈반은 그런 알렉트르를 평가하듯이 쳐다보면서 말을 이었다.

"알렉트르라고 했나? 일전에 봤을 때는 종복 중 하나였는데, 어느새 견습 집사가 되었지? 리드렉은 어떻게 됐나?"

"리드렉 님은 아직 자리보전하고 계십니다. 그래서 제가, 음, 그러니까 주제넘습니다만, 아즈베르그 가를 대표해 알리시아 님께 축하 인사를 올릴 사자를 맡게 되었습니다."

알렉트르는 얇은 가슴을 펴고 당당하게 말했다. 알렉트르가 입에 올린 이름에 알리시아는 얼굴을 흐렸다.

"어머, 리드렉은 아직도 누워 계시나요? 큰일이네요. 디네로 님도 분명히 걱정하고 계실 거예요……."

'시계 공작'이라고 불리며 영민 사이에서는 탄탄한 인기를 자랑하는 디네로의 곁에는 항상 가령 리드렉이 있었다.

아즈베르그 가를 모신다는 긍지에 가득 찬, 고용인의 모범과도 같은 노인이 병상에 누워 있다는 사실을 안 것은 아직은 이른 봄의 발소리가 막 들려올 무렵이었다.

"……벌써 겨울도 끝났는데, 몸이 그 정도로 안 좋으신 걸까요?"

어느새 가까이 다가온 트레이스도 우울한 표정을 지었다. 아직 집사 업무에 익숙하지 않았을 때는 무서워하던 상대였지만, 집사의 본보기라고 우러러보던 노인이었다. 그에게 만일의 일이 생겼을지 모른다는 생각에 몰래 가슴 아파했다.

"그렇습니다, 알리시아 님! 그러니 부디 꼭 저택에 병문안을 와주시겠습니까?"

알리시아가 흘린 말을 들은 알렉트르의 목소리가 열의를 띠었다.

"병문안? 예, 물론이죠. 저도 이전부터 찾아뵙겠다고 말씀드렸답니다."

"—그건 상관없는데, 알렉트르. 너, 디네로에게 허가는 받았나?"

기세를 몰아 알렉트르가 한층 더 알리시아에게 권유를 하려고 했다. 그때 카슈반이 차가운 목소리로 그 행동을 중지시켰다.

"앗, 아뇨. 그건…… 하지만 아, 알리시아 님이 오셨으면 좋겠다고 생각하고 계실 겁니다. 리드렉 님도 디네로 님과 알리시아 님이 사이좋은 모습을 보신다면 분명히……."

"저와 디네로 님? 어머, 어째서요?"

알리시아가 목을 작게 갸웃했다. 카슈반은 아내의 어깨에 손을 올려놓는 행위로 '잠자코 있어'라는 신호를 보내고, 알렉트르를 내려다보았다. 그 눈초리에 예리함이 더해졌다.

"견습 주제에 주인의 의지를 헤아리려 하나? 말해두지만 나도 몇 번이나 병문안을 가려고 말을 전했다. 거절한 쪽은 디네로라고."

"……당신이 가셔도 의미가 없으니까 그러시겠죠. 아실 텐데요."

알렉트르도 턱을 당기고, 알리시아마저도 확실히 알 수 있을 정도로 노골적으로 카슈반을 노려보았다.

"애초에 왜 그렇게 허물없이 디네로 님의 이름을 부르십니까?"

"그 녀석이 그렇게 부르라고 했는데?"

"짧게 부르는 쪽이 왠지 경제적읍."

도중까지 말하다가 알리시아는 '잠자코 있어라'라는 신호를 기억해내고 자진해서 입을 막았다. 그런 알리시아의 말도 귀에 들어오지 않는지 알렉트르의 목소리가 한층 커졌다.

"그렇다고 해서 무람없이 이름을 불러도 좋은 분이 아니잖습니까? 디네로 님은 아즈베르그 가의 당주. 이 땅의 진정한 주인이십니다! 원래대로라면 알리시아 님과 결혼해 두 분이 아즈베르그 지방을 통치하셨을 겁니다!!"

격앙된 알렉트르는 알리시아의 손을 보며 분한 듯한 얼굴을 했다.

"그러나 디네로 님은 영민을 가장 먼저 생각하시는 분이라서…… 스스로 물러서시고…… 아즈베르그 가의 소중한 반지까지 양보하셨습니다."

알리시아의 왼손에 끼워진 반지는 원래 아즈베르그 가에 대대로 전해지는 물건이라는 말은 들었다.

디네로는 가문의 상징과도 같은 반지를 직접 알리시아에게, 가 아니라 카슈반의 생일 축하 선물로 보내왔다. 그리고 디네로의 진의를 헤아린 카슈반은 자신이 주는 선물로 반지를 아내의 손가락에 끼워주었다.

그러나 원래부터 있던 다이아몬드에 곁들여진 작은 루비는 카슈반이 불쌍한 세공업자를 압박해서 새로 박아 넣은 것이다. 루아크에게 '취향이 꽤 귀여운걸'이라고 놀림을 받은 그 사소한 가공에서는 카슈반 나름의 의지와 사랑이 느껴졌다.

그랬던 일을 떠올리면서 물끄러미 반지를 바라보자, 알리시아는 '배가 아파' 왔다.

그러나 동시에 몰락한 지방백에게 과거의 영광의 편린이 얼마나 귀중한지도 알고 있었다. 과거의 영화를 잊지 못했던 알리시아의 부모는 심신조차 소모해버리고 젊은 나이에 세상을 뜨기까지 했다.

"어머, 미안해요. 알렉트르. 이건 디네로 님에게 다시 돌려드리는 편이 나을까요? 그리고 당신 이름도 알렉이라고 부르는 편이 좋을까요?"

디네로 님도 이름을 길게 부르면 싫어하시죠. 그렇게 생각하면서 묻자 알렉트르는 기쁜 듯이 웃었다.

"아뇨, 괜찮습니다. 그 반지를 알리시아 님이 끼고 계신 것까지는 옳습니다. 옳지 못한 것은 알리시아 님의 남편 역할을 맡은 사람이니까요! 아! 그리고, 알리시아 님이라면 알렉이라고 부르셔도 됩니다! 디네로 님도 그렇게 부르시니까요!"

그 대담하고 불손한 어조에 카슈반의 눈초리가 점점 위험해졌다.

보다 못한 트레이스가 폭력 사태로 발전하기 전에 중재에 들어갔다.

"알렉트르, 말조심해라. 카슈반 님은 아즈베르그 공작님도 인정하신 영주이시다. 이 이상의 발언은 네 주인을 폄하하는 결과만 불러올 거다. 작년 같은 소동이 일어나기를 아즈베르그 공작님도 바라지 않으시겠지."

작년 풍작 기원제 때 일어난 귀찮은 일 중 하나가 바로 친 디네로 파가 카슈반이 없는 틈을 노리고 일으킨 폭동이었다.

'날개의 기도' 교단이 뒤에서 조종했다지만, 애초에 알렉트르처럼 '디네로 님이야말로 아즈베르그 지방 영주에 걸맞다'고 믿는 자들이 있었기에 일어났던 소동이었다.

그러나 디네로 본인은 지극히 냉정하게 카슈반이 이미 영민에게 돌발적인 폭동 따위로는 흔들리지 않을 정도의 신임을 얻고 있다는 견해를 밝혔다. 사실 폭동은 영주가 부재중인 상태에서도 열심히 싸운 자경단 대원들이 진압했다. 그랬기에 친 디네로 파 무리도 자신의 대에서 아즈베르그 가를 끝내겠다는 디네로의 선언을 받아들였다고…… 그렇게 생각했는데.

"……디네로 님 쪽이 훨씬 훨얼씬 아즈베르그의 영주에 어울리는 분입니다!"

알렉트르는 아직도 수긍하지 못한 것 같았다. 트레이스에게로 얼굴을 향하더니, 철없는 어린아이처럼 역설하기 시작했다.

"디네로 님 쪽이 라이센 강공작보다 얼굴도 잘생겼고, 키도 크고, 다리도 길고, 사람도 잘 따른단 말입니다!!"

"……그건…… 아니, 카슈반 님도 그럭저럭 용모가 단정하시고, 키도…… 디네로 님보다 키는 작지만 그분과 비교하면 누구나 다 작고…… 다리 길이도 그렇고…… 사람들이 따르기는 하지만 아직 이 축제에 참석하지 않겠다는 자들도 꽤 있고……."

만인이 인정하는 디네로의 미모를 예로 들고나오자 솔직한 트레이스는 대답이 궁해지고 말았다. 카슈반이 작은 목소리로 '……이봐. 좀 더 힘내라고, 트레이스'라고 중얼거렸다. 하지만 그 말이 트레이스의 귀에 닿기도 전에 알렉트르의 추격이 이어 졌다.

　"외모만 아름다운 것이 아닙니다. 디네로 님은 매우 아름답고 고결하십니다! 작년 폭동 때 나랑 다른 녀석들이 그렇게 폐를 끼 쳤는데 관대하게 용서해주셨습니다. 게다가 우리 몇몇은 정식 으로 고용해주시기까지 한 디네로 님의 상냥함과 다정함……! 나는 모든 이와 맹세했습니다. 평생 이분을 따라가겠다고……! 나, 가 아니지. 저는 힘내서 디네로 님을 지켜드려야 합니다. 그 렇지 않으면 죽은 사람들을 볼 면목이 없습니다……!"

　눈을 감고 사명감에 어깨를 떠는 알렉트르를 바라보며 카슈반 은 짜증 난다는 얼굴을 했다.

　"……관대하게 용서해준 건 아무리 생각해도 나인데? 그나저 나, 너. 그 폭동의 주모자 격이었던 놈들과 한패였나……?"

　이 녀석도 처형했어야 했나. 그렇게 말하고 싶은 듯한 카슈반 을 트레이스가 필사적으로 엄호했다.

　"카, 카슈반 님도 이렇게 보이지만 상냥하시다! 한 번 배신했 던 나를 계속 곁에 두고 계시고…… 지금 네가 얻어맞지 않았다 는 건, 틀림없이 이분이 성장했다는 증거다!!"

　"……이미 성인인 남자에게 성장이라니."

　카슈반은 쓴웃음을 지었다. 그러나 그 말은 오히려 알렉트르의 경쟁심을 자극한 것 같았다.

"디네로 님 쪽이 더 상냥하십니다!!"

"카, 카슈반 님도 상냥하시다!!"

"디네로 님이 더 멋지십니다!!"

"카슈반 님이 더 멋지시다!!"

"디네로 님이 더 근사하십니다!!"

"카슈반 님이 훨씬 더더 근사하시다!!"

"아뇨, 디네로 님이 훨씬 더 분명히."

"……두 사람 다 그만두지 않겠나? 왠지 내가 다 창피해지는 군."

카슈반은 본인을 제쳐 두고 서로의 주인을 칭찬하는 두 사람에게 작은 목소리로 부탁했다.

한편, 알리시아는 불타오르는 알렉트르와 트레이스의 응수를 들으면서 어떤 생각을 하고 있었다.

많은 사람들이 디네로를 따른다는 점을 알리시아도 알고 있었다. 고용인이나 영민은 그를 무척 잘 따른다. 그것은 디네로가 상냥하고 멋지고 근사한 사람이기 때문일 것이다.

알렉트르가 하는 말처럼 세상이 평온했다면 지방백끼리 결혼해 부부가 되었을 가능성을 충분히 생각할 수 있었다.

하지만 지금 카슈반과 디네로 중 한 사람을 고르라고 한다면 알리시아의 답은 금방 나올 것이다.

잔혹할 정도로 확실하게 '배가 아픈' 감각이 상대를 선택한다.

"카슈반 님 쪽이…… 아마도, 음 그러니까 상냥함은 몇 사람

이나 처형하셨으니까 잘 모르겠지만…… 하지만 멋지고, 근사하세요…….”

“……알리시아. 계속 말해도 돼.”

카슈반은 뺨을 붉게 물들인 채 중얼거리는 아내의 머리를 쓰다듬으며 또다시 꽥꽥 고함을 치는 알렉트르 쪽을 향했다.

“어쨌든, 알렉인가 뭔가 하는 너. 오늘은 봄맞이 축제 첫날일 뿐 아니라 아내의 생일이기도 한 경사스러운 날이다. 한 번은 봐주겠지만, 이 이상 시답잖은 일로 꽥꽥 소란을 피워봐라. 나도 어느 정도 인망이 있다는 사실을 보여주마.”

라이센 가와 아즈베르그 가 고용인 사이에 말싸움이 붙었다는 것을 알아차린 모양이었다. 어느새 주변에 자경단 대원들이 모여 있었다. 그중 일부는 무기에 손을 갖다 대고, 영주의 신호를 기다리고 있었다.

눈으로 보이는 아군 이외에 눈에 보이지 않는 아군도 있었다. 알리시아와 카슈반 사이에 희미한 바람이 불면서 사신 소년이 등장할 차례를 기다린다고 가르쳐주었다.

기세에 압도되었는지 알렉트르가 입을 다물었다. 그를 곁눈질하며 카슈반은 가볍게 손을 들어 살기등등한 사람들을 제지했다.

“다들 걱정할 필요 없다. 디네로는 영민의 무의미한 다툼을 바라지 않는다. 그렇지? 알렉.”

“……알렉트르라고 불러주십시오.”

한 가닥 남은 의지인가. 알렉트르는 분통이 느껴지는 어조로 애칭으로 불리기를 거부했다.

알렉트르는 겨우 아즈베르그 가에서 보낸 선물과 축하 편지를 놓고 떠났다. 자경단 대원 및 루아크도 경계를 풀었고, 얼마 지나지 않아 다시 떠들썩한 축제 분위기로 되돌아갔다.

"어머 디네로 님도 책을 보내주셨어요. 아즈베르그 지방 연대기래요! 빨간 종이가 끼워진 부분은 유령이나 괴물이 나오는 이야기가…… 어머, 정말 친절하세요!"

역사가 오래된 가문이 아니면 볼 수 없는 선물과 축하 편지를 보고 알리시아는 들떠서 시끄럽게 굴기 시작했다. 그와 대조적으로 카슈반은 어려운 표정을 지었다.

"……그런데 디네로 녀석. 여전히 얼굴을 보이지 않는군."

쓴웃음기가 어린 혼잣말을 듣고 알리시아는 신나서 떠들던 것을 멈추었다.

"그러네요. 저도 만나 뵙고 싶지만, 리드렉의 상태가 안 좋은데 무리한 요청을 할 수도 없고요……."

"왕자 전하는 드디어 왕궁으로 돌아가신 모양이지만 말이야. 하지만 아무리 할아범의 상태가 좋지 않아도 슬슬 만나러 와주지 않으면 곤란해. 또 이상한 소리를 퍼뜨리고 다니는 녀석이 나오기 시작할 거다……."

디네로는 얼마 전까지 적극적으로 라이센 가에 발걸음을 하면서 자신이 카슈반의 밑에 들어갔다는 사실을 주위에 알렸다. 그런 디네로가 영주 아내의 생일 축하 자리에 얼굴을 내밀지 않았다. 사람들이 두 사람 사이가 좋지 않다고 지레짐작하는 것도 시간문제였다.

알렉트르에게 이끌려 큰 소리를 내던 트레이스도 포도주로 목을 적시면서 미간을 모았다.

"……그 견습 집사라던 젊은이는 먼저 나서서 그런 말을 할 것 같군요. 일이 이상하게 꼬이지 않으면 좋겠습니다만……."

—나는, 그 녀석이, 싫다.

디네로는 평소에는 거의 표정이 없고, 알리시아와 마찬가지로 사람을 좋고 싫어함이 확실하지 않다.

그런 디네로가 얼마 전에 방문했을 때 제오르디스에 대해 혐오감을 드러내며 내뱉은 말이 문득 알리시아의 뇌리에 재생되었다.

"제…… 아니, 왕자 전하는 디네로 님의 댁에 무슨……, 어머?"

문득 공기가 움직이는 것을 느끼고 알리시아는 고개를 들었다. 위를 올려다본 알리시아의 눈에 비친 사람은 얌전해 보이는 검은 머리 청년이었다. 한 손에 작은 금색 상자를 안고 있었다.

그 수수함, 눈에 두드러지지 않는다는 점은 로벨 남매와 좋은 승부가 될 것 같았다. 영주 가문의 초대 손님에 걸맞은 고급스러운 의상을 입고 있는데도 한층 더 존재감이 흐린 점도.

그러나 눈앞에 서 있는 청년은 로벨 남매와 달리 복장에 어딘가 익숙하지 않아 하는 느낌이었다. 옷을 입은 것이 아니라 옷이 입혀져 있는 인상이 강했다. 그리고 이, 수수하고 눈에 띄지 않는 빈약해 보이는 청년의 이름을 알리시아는 알고 있었다.

"어머, 엘릭스 님이시죠!! 오랜만이에요!!"

시선은 엉뚱한 방향을 향하고 있었지만, 이름은 정확하게 불린 엘릭스 바스틀이 작게 쓴웃음을 지었다.

"오랜만이야, 알리시아. 그…… 변함이 없어서 안심했어."

온화한 말을 들으며 카슈반이 자리에서 천천히 일어섰다.

"오랜만이다, 엘릭스. 와 있었으면 더 빨리 말을 걸어줘도 좋았을 것을."

"아니, 사실은 한참 전부터 기회를 엿보고 있었는데…… 손님이 와 계신 것 같아 말 걸기가 껄끄러워서."

조심스러운 성격도 변함없었다. 미안한 목소리로 중얼거린 엘릭스는 희미하게 눈을 내리깔았다.

"너와 만나는 것도 오랜만이네, 카슈반. ……계속 카슈반이라고 불러도 될까?"

"한 번 허용한 일이다. 좋을 대로 해. 그리고 신경을 쓰려면 내가 아니라 알리시아에게 써라."

카슈반이 퉁명스럽게 말하자 엘릭스는 자신이 한심한지 한숨을 쉬었다.

"……정말이야. 미안, 알리시아. ……나, 와도 괜찮았을까?"

작년 초, 라이센 저택을 방문해서 알리시아에게 한 짓에 관해서는 엘릭스도 뼈저리게 반성하고 있는 모양이었다. 그러나 알리시아 본인은.

"물론이죠. 다시 뵐 수 있어서 기뻐요! 또 비싸 보이는 선물도 갖고 오신 것 같고요!!"

들고 있는 사람보다 더 남의 시선을 끄는 광채를 발하는 작은 상자에 노골적인 반응을 보였다. 그러나 밝게 빛나는 웃는 얼굴을 보면 적어도 엘릭스가 와서 싫어하지 않는다는 사실을 알 수 있었다.

"……고마워. 너희 부부에게도 그 뒤로 여러 가지 일이 있었지만, 근본적인 부분은 변하지 않았네. 정말로 기뻐."

알리시아에게 이끌리듯이 엘릭스가 웃었다. 그 광경을 보며 카슈반이 화제를 바꾸었다.

"그런데 오늘은 어떻게 되었지? 오델 후작의 저택에서 도망쳐 나왔다…… 는 아닌가본데."

"도망쳐 왔다? 어머 엘릭스 님은 오델 후작님 댁에 계시나요?"

알리시아는 살짝 두근두근해 하면서 그 위험한 말을 복창했다.

엘릭스는 알리시아가 처음 시집간 집안, 오델 지방 바스틀 백작가의 당주다. 그러나 엘릭스는 고용인에게서 태어난 아이로, 이복형제인 브라이언에게 괴롭힘을 당하며 살았다. 그런 엘릭스가 바스틀 가의 당주가 된 까닭은 바스틀 가가 대두하는 것을 탐탁지 않게 여기던 영주 지스칼드 오델의 의도가 작용한 결과였다.

엘릭스는 꼭두각시로서 명령받은 대로 카슈반을 처리하려고 움직였다. 그러나 계획은 실패하고 말았다. 그 뒤엔 엘릭스가 어떻게 됐는지 알리시아는 자세히 알지 못했다. 우선 무사히 살아 있다는 사실은 알았지만, 지금까지 어떻게 지내고 있었는지는 불명이었다.

"아아, 알리시아는 듣지 못했나. 결국 오델 후작의 집에 신세를 지고 있어. 바스틀 백작가는 실질적으로 없어진 셈이지."

"……어머."

알리시아는 저도 모르게 한숨을 내쉬었다. 그러나 엘릭스의 표정은 평온했다.

"백작 칭호는 갖고 있지만, 하는 일은 예전과 똑같이 허드렛일이야. 하지만 그게 마음이 편해서 좋아. 원래 백작님이 될 만한 그릇이 아니었으니까. 또 오델 후작이 말을 해뒀는지 지금은 괴롭힘을 당하는 일도 없고."

요약하자면 지스칼드는 입을 막기 위해 엘릭스를 자기 품 안에 두고 감시하고 있다는 말이었다. 살해될 가능성도 높았다는 점을 생각하면 원만하게 처리됐다고 할 수 있었다.

"이전보다 더 마르셨는데요……? 아직도 즐겁게 식사를 할 수 없으신가요……?"

엘릭스는 착 가라앉은 알리시아의 표정과 말이 없는 카슈반의 표정을 번갈아 바라보고 생긋 웃었다.

"자, 오늘은 오델 후작의 사자로 왔어. 알리시아, 우선 후작 부인이 보내신 생일 선물을 건넬게."

"어머, 기뻐요. 고맙습니다!! 오델 가에서 보냈다면 분명히 비싼 것이겠죠!!"

침울해하던 알리시아의 분위기가 돌변해 다시 기운차졌다. 그런 알리시아에게서 그 남편에게로 시선을 돌린 엘릭스는 작은 목소리로 중얼거렸다.

"상세한 얘기는 네 저택에 가서 해도 괜찮을까? 카슈반."

"……그러지. 잠깐 축제를 즐기고 있어. 때를 봐서 사람을 보내 부르지."

카슈반과는 사이가 안 좋은 지스칼드가 이런 시기에 일부러 엘릭스를 사자로 선택해 보냈다.

분명 다른 의미가 있다는 사실을 꿰뚫어 보고 카슈반도 작게 속삭이는 목소리로 말을 받았다.

봄맞이 축제와 알리시아의 생일잔치를 겸한 연회는 저녁때까지 이어졌다. 먹을 것과 마실 것을 잔뜩 배에 채워 넣은 라이센가 일행은 매우 친한 사람만 데리고 아즈베르그에서도 더 북쪽 변경, 검은 숲에 있는 '라이센 돌 저택'으로 돌아갔다.

"……발로이의 사업상 적과 접촉했다, 라……. 생각하는 것이 여전히 멋질 정도로 치사하다."

저택 2층에 있는 자기 방에 일동을 모은 카슈반은 엘릭스의 이야기를 대충 듣고 불쾌한 얼굴을 했다.

동석하도록 허락받은 알리시아도 엘릭스가 들려준 이야기를 열심히 머릿속에서 정리했다.

"음…… 그러니까 왕자 전하는, 카슈반 님보다 훨씬 더 라그라드르 분들과 끈적끈적한 사이가 되고 싶다는 말씀이시죠?"

라이센 가와 접점이 있는데다가, 눈에 띄는 자신은 움직일 수 없다는 이유로 지스칼드는 엘릭스를 보내 말을 전달하게 했다.

이전에 용병 국가 라그라드르에 간 제오르디스의 동향에 관해서였다. 그 동향이란 왕자가 접촉한 상대를 말한다.

카슈반의 검술 스승이기도 한 발로이 렉산드르가 아닌, 라그라드르의 몇 용병단장과 밀회를 했다고 한다.

"……끈적끈적하다는 표현에는 좀 어폐가 있습니다, 알리시아 님."

그렇게 정정한 자는 세이그람을 따라와서 이야기를 듣고 있던 티르나드였다.

"하지만 친근하다는 의미로는 옳은 표현일지도요……. 왕가는, 이라기보다는 제오는 라이센의 힘을 깎아내고 싶을 겁니다. 국내에서 가장 대등하게 라그라드르인과 교류할 수 있다는 점은 라이센의 힘을 무척 강하게 해주고 있으니까요……. 그렇지? 세이그람. 아얏! 왜, 왜? 내 말이 틀렸나?"

눈에 보이지도 않는 속도로 손등을 얻어맞은 티르나드가 펄쩍 뛰어오르면서 항의했다.

"정답입니다. 하지만 사람들 앞에서 그렇게 일일이 동의를 구하는 자세가 틀렸습니다. 당신은 제 주인입니다. 성적인 것에 눈뜰 시간이 있다면 좀 더 당당하게 행동하는 법부터 익히십시오."

'노라는 관계없잖아?'라고 티르나드가 아우성쳤다. 그러나 세이그람은 그런 주인을 완전히 무시하고 설명을 보충했다.

"강공작 각하, 실딘 왕국에서 당신의 영향력이 강해졌습니다. 그에 따라 협력자인 발로이 님도 라그라드르 내에서 지위가 상대적으로 올라갔겠지요. 얼마 전 융화 정책 건에서 그분이 라그라드르 대표로 왕궁에 초대받은 것도 지위의 상승을 보여주고 있습니다."

작년 겨울 초, 갑자기 왕궁에 불려간 카슈반은 비밀리에 실딘 왕가와 라그라드르를 연결하라는 명령을 받았다.

그 일은 결국 같은 시기에 일어난 국왕 암살 미수 사건 때문에 흐지부지되었다.

제오르디스가 라그라드르에 간 표면적인 이유는 그 건을 사죄를 위해서였다.

"그러나 눈에 띄면 적도 그만큼 늘어나는 것은 상식. 라그라드르는 외부의 적을 상대로는 일치단결해 싸우지만, 내부의 세력 다툼도 상당합니다. 차별을 받아온 역사도 있고, 자신들을 괴롭혀온 나라를 우호적으로 대하는 것은 있을 수 없는 일이라고 내심 불만을 품고 있는 자도 많습니다."

아즈베르그보다 한층 더 척박한 토지에 사는 라그라드르인들은 국민 대부분이 용병 산업에 종사하고 있다. 뛰어난 실력 때문에 중용되긴 하지만, 인근 국가로부터 불합리한 대우를 받는 것은 사실이다. 특징적인 검은 피부를 야유하는 '진흙의 백성'이라는 차별 용어가 존재할 정도니까.

"혈기 왕성한 녀석들뿐이니까."

어깨를 움츠리며 웃은 자는 보는 사람이 없어서 모습을 드러내고 있던 루아크였다. '장난감 군대'는 원래 라그라드르인에게 대항하는 것을 상정해 만든 조직이었다. 그래서 옆에서 복잡한 얼굴을 하고 있는 제다와 마찬가지로 루아크도 여러모로 생각이 많은 모양이었다.

"발로이 아저씨를 짓밟아 버리고 싶은 사람이 라그라드르에 있다. 그런 사람과 왕자 전하가 손을 잡는다, 라……. 와―무서워라. 엄청 불길한 예감이 드는데, 형님!"

장난을 치는 루아크에게 카슈반은 엄청 싫다는 표정을 지었다. 그런데 카슈반의 반응은 루아크가 장난을 치고 있어서라기보다 루아크가 말한 내용의 무시무시함에 기인한 것 같았다.

"……자기는 그런 무리와 접촉하고 있는 주제에 나한테는 '라그라드르에 뭔가가 있다, 조사해보는 게 좋겠다'라고……? 젠장, 왕자 전하는 대체 무슨 생각을 하는 거냐."

라그라드르에서 돌아온 제오르디스가 보낸 편지에 적힌 수수께끼 같은 말.

그 말을 단순히 헛소리, 이쪽을 마구 휘두르기 위한 수단이라고 일축해버릴 수 없었다. 카슈반도 라그라드르인과 교류하는 일이 국내에서 자신의 평가에 영향을 주고 있다는 사실을 의식하고 있기 때문이었다.

그렇기에 작년 풍작 기원제 때는 발로이 용병단 사람을 초대했는데, 오늘은 부르지 않았다. 때에 따라서 앞으로 어떻게 교류할지도 재고해봐야 했다.

"그러네요, 그 편지……."

알리시아도 제오르디스에게서 온 편지 내용을 떠올렸다. 단, 카슈반에게 온 편지가 아니라 자신에게 온 편지의 맺음말에 관해서였다.

파넬리 발스타트 여남작.

'왕궁에서만 통하는 마법의 주문이야. 아무에게도 가르쳐주면 안 돼'라는 단서가 붙었던 여남작의 이름에는 대체 무슨 의미가 있을까. 전혀 모르는 이름이었는데…….

"그리고 그 이야기를 나한테 전하게 한 오델 후작의 진의는 뭐지? 엘릭스."

생각에 잠긴 알리시아를 놔두고 카슈반은 엘릭스에게 물었다.

"오델 후작도 왕자 전하를 좋아하지 않아. 일전에 한번 술에 완전히 취해서 왕자 전하와 재상 각하의 험담을 잔뜩 늘어놓는 바람에 후작 부인이 입막음하느라 고생했거든."

술 이외에는 약점이 없다고 자부하는 지스칼드는 국왕이 되려는 야심을 품고 있다.

왕녀인 에르티나를 아내로 맞아들인 것도 그 때문이었다. 그런데 갑자기 '돌아온' 제오르디스가 왕위에 앉으려 한다. 그 상황이 재미있을 리 없었다.

"하지만 그분은 왕가와 너무 가까워서 섣불리 손을 쓸 수 없어. 그러니 이 건은 서로 잘 협력해보자는 거지."

"자기가 말을 꺼낸 주제에 변함없이 잘난 척이군. ……흥, 하지만 오델 후작의 지위와 재력과 정보망은 매력적이긴 해……. 특히 '날개의 기도' 교단 내부 정보는 귀중하지."

80년 전쯤 불어 닥친 하극상의 풍조로 지방백 태반이 몰락한 가운데, 오델 가는 지금도 막강한 권력을 자랑하고 있다. 오델 후작은 '날개의 기도' 교단의 힘이 지나치게 강해지는 것을 좋지 않게 생각하는 반면, 귀족이 지배하는 체제가 옳다고 말하는 교단과 겉치레뿐인 협력 관계를 맺고 있기도 했다.

"—어차피 나와 가제트 후작 각하 사이에 일어난 일도 다 파악하고 있을 테지?"

카슈반이 그라네우스에게 비밀리에 신하의 맹세를 한 일에 관해 묻자, 엘릭스는 애매하게 웃었다.

"자신의 아내가 한 일이고, 왕가 주변에 대한 정보망도 갖고 있으니까. 처음에는 후작 부인의 독단이었지만, 왕자 전하가 왕이 되기를 바라지 않는 것은 오델 후작도 마찬가지거든……. 우선은 묵인하나 봐."

"역시. 하지만 그런 오델 후작도 라그라드르인은 잘 알지 못한다…… 인가. 뭐, 원래부터 그분은 라그라드르인을 싫어했으니까."

생각을 정리하려고 잠시 눈을 감은 카슈반은 다음 순간, 결단을 내렸다.

"—라그라드르로 가겠다. 발로이 쪽이랑 친교를 깊게 하는 동시에 그 나라를 내부에서 조사해보자고."

어차피 라그라드르에 가볼 필요가 있다. 그렇게 판단한 카슈반은 이어서 알리시아에게 말했다.

"알리시아, 이번에는 너도 함께 간다."

생각지도 못한 제안에 알리시아는 눈을 껌뻑거렸다.

"어머…… 무척 엄청나게 기쁘지만요, 괜찮은가요?"

"1년간, 어쨌든 너한테서 눈을 떼면 위험하다는 사실을 학습했다. 게다가 대외적으로는 친교를 깊게 하려고 가는 거야. 외교의 상식은 부부 동반이잖아?"

이전 같았으면 라그라드르에 가는 것은 물론, 이렇게 엘릭스의 이야기를 듣는 일조차 카슈반은 허락하지 않았으리라.

그러나 제오르디스도 몸이 약한 뮤제를 미래의 왕비라는 이유로 라그라드르에 억지로 동행시켰다.

"네가 상식적인 대응을 해줄지 어떨지 의문스럽지만, 적어도 라그라드르인에 편견이 없다는 점은 큰 무기다. 생선도 태연하게 먹을 수 있고. 그런 의미에서 잘 부탁한다."

"예, 노력할게요!!"

'부탁한다'는 말까지 들은 알리시아는 의욕이 충만해서 그렇게 선언했다. 그러기 무섭게 카슈반은 약한 모습을 보였다.

"……아니, 너무 노력하지 않아도 된다. 그건 그거대로 곤란할 것 같으니. 물론 발로이 편에도 쓸데없는 소리를 해서는 안 돼. 또, 너는 라그라드르인의 취향이 아닐 거라 생각하지만, 이이상 이상한 남자가 꼬이지 않도록 해줘……."

쓸데없는 걱정을 한 카슈반은 주위의 미묘한 공기를 알아차리고는 가볍게 헛기침을 했다.

"티르도 집사와 호위와 함께 와줬으면 한다. 물론 사신도. 이론은 없겠지?"

"으, 응, 물론이지!"

티르나드는 기쁜 듯이 고개를 끄덕였고, 루아크도 '당연하지이!'라며 웃었다. 단 티르나드는 고개를 끄덕인 직후, '노라도 같이 가겠지. 기쁘긴 한데, 노라는 라그라드르인들한테 엄청 인기가 있을 것 같단 말이야'라고 중얼거렸다.

"류크 녀석에게는 그림을 다시 그리라고 해. 지금부터 하라고 시키면 여름까지는 제대로 된 걸 완성하겠지."

어딘가에 간다는 말만 나오면 천진난만하게 따라오려는 화가에 관해서는 카슈반이 재빨리 선수를 쳤다.

"카슈반 님, 아즈베르그의 수비는 어떻게 할까요? ……또다시 이전 같은 일이 벌어지면……."

물을 필요도 없이 동행할 예정인 트레이스는 그 점이 걱정스러운 모양이었다. 디네로와의 사이에 암운이 낀 것 같은 느낌이 있으므로 어쩔 수 없었다. 그러나 카슈반은 이미 대답을 준비해 놓고 있었다.

"내가 자리를 비운 사이 아즈베르그 가의 긍지를 믿고, 아즈베르그 지방을 맡기고 싶다는 서한을 알렉이라는 견습 집사에게 보내라. 분발해주겠지."

"……꽤 치사한 방식인 것 같습니다만."

쓴웃음을 지은 트레이스는 여행 준비를 하러 자리에서 물러났다. 마지막에 카슈반은 엘릭스에게 전언을 부탁했다.

"엘릭스, 오델 후작에게 잘 부탁한다고 전해줘. 우리가 라그라드르로 출발하자마자 뒤통수를 치는 일은 삼가달라고."

"눈앞에 놓인 적이 일치하는 동안에는 아마 괜찮을 테지만……."

자신에게 한 처사를 생각하면 카슈반의 말도 완전히 부정할 수만은 없는지 엘릭스는 쓴웃음을 지었다.

[제2장] 바다와 황야의 나라로

　아즈베르그 지방과는 풍취가 다른 메마른 황야가 끝없이 펼쳐
져 있었다.

　산과 언덕이 많고 기복이 심하다는 점은 비슷했지만, 실딘 왕
국과 국경이 맞닿은 부근에 자라는 키가 큰 식물은 거의 찾아볼
수 없었다.

　무엇보다도 불어 닥치는 강한 바람에는 알리시아가 지금까지
맡았던 적이 없는 비릿한 냄새와 피부에 달라붙는 듯한 성분이
포함돼 있었다. 추위를 대비하려고 껴입은 모피 겉옷의 털끝이
바람을 받아 서로 달라붙기 시작했음을 알 수 있었다.

　"이게 바닷바람이군요……. 생선 냄새와는 또 다른 신기한
냄새가 나네요."

　라이센 저택을 출발한 지 나흘째 되는 날의 이른 아침.

　실딘 왕국 북서쪽에 위치한 소국 라그라드르의 중심부, 다렌
거리에 도착한 알리시아는 마차에서 내려 주변을 두리번거렸다.

　다렌은 라그라드르의 중심 도시인만큼 석조로 된 튼튼한 건
물이 많았다. 그러나 크고 작은 천막도 여기저기 세워져 있었다.
타국에 돈을 벌러 가는 일이 많은 라그라드르인에게는 한 곳에
정착하는 습관이 없는 것 같았다. 바로 철거할 수 있는 천막이

편리할 것이다.

거리를 활보하는 사람들은 물론 검은 피부와 가벼운 옷차림이 특징인 라그라드르인이다.

오가는 사람이 수런거리는 소리도 어딘지 모르게 낯선 울림을 두르고 들려와 알리시아의 호기심을 자극했다.

"그래. 이 마을 건너편이 바로 바다거든."

먼저 마차에서 내린 카슈반이 마을 경비 책임자인 라그라드르인 몇 명과 이야기를 하는 트레이스를 보면서 가르쳐주었다.

"어머, 역시 이것이 바다 냄새였군요! 근사해요. 저기, 카슈반님. 나중에 바다를 보러 가도 괜찮을까요?"

'날개의 기도' 교단의 가르침에서 바다는 더 높은 나라로 날아오르기 위한 날개를 얻지 못한 자들이 가라앉는 물밑 왕국이 있는 곳이었다.

바다는 '날개의 기도' 교단의 가르침을 국교로 받아들이는 나라의 백성이 가까이 가서는 안 되는 곳이었다. 그러나 공포 소설에서 자주 재료로 쓰이는 곳이라서 알리시아는 전부터 꼭 한번 가보고 싶다고 생각했다.

알리시아가 기뻐서 들뜬 것과 대조적으로 노라는 몹시 싫은 얼굴을 했다. 노라는 알리시아와 마찬가지로 모피 두건을 쓰고 있었는데, 그것으로 입과 코를 막았다.

"……마님, 옷과 머리카락에 이상한 냄새가 뱁니다. 어차피 짐을 풀어야 하잖아요? 일단 마차에 돌아가는 편이 어떠세요?"

노라는 아즈베르그 주민으로서 신심이 깊은 편이 아니었다.

그러나 어릴 때부터 몸에 밴 가르침의 영향은 뿌리 깊었다. 바다에 가까이 가고 싶지 않은 기색이었다. 명문가에서 태어나 취침 전 기도를 잊지 않는 수준으로 치면 경건한 신자 축에 드는 티르나드도 스리슬쩍 세이그람을 바람막이로 이용하고 있었다.

"어머, 그래요? 분명히 독특한 냄새가 나긴 나요. 그런데 이 바람 냄새를 반찬으로 삼아 밥을 먹을 수 있다는 느낌도 드는데."

바로 냄새에 익숙해진 알리시아의 감상에 옆에 있던 루아크가 키득키득 웃었다. 이쪽은 추위를 대비하기 위해서가 아닌, 얼굴을 감추려는 목적으로 두건을 깊숙하게 눌러쓰고 있었다.

"과연, 알리시아야! 말을 들어보니 맛있을 거 같다는 느낌이 들기도 하네. 그런데 어이쿠, 발로이 아저씨 등장."

제다는 루아크보다 반 박자 늦었다. 다렌의 시가지에서 모습을 나타낸 그림자를 발견한 제다는 당황해서 '발로이 님'이라 부르며 황송해 했다. 전 '장난감 군대' 구성원은 가까이 접근하는 자를 순식간에 식별할 수 있는 능력이 있었다.

"여어, 라이센 가 식솔에 레이덴 가 일행분들. '태양의 백성'의 나라, 우리 라그라드르에 어서 오십시오."

검은 머리카락을 짧게 자른 남자가 한 손을 들고 경쾌하게 인사를 했다. 발로이 렉산드르였다. 사전에 방문하겠다는 연락을 해놓았기 때문에 이곳까지 마중 나와 주었다.

작년에 왕궁에서 만났을 때는 자작이라는 지위에 걸맞은 화려한 의상을 걸치고 있었다. 그러나 지금은 믿음직스럽게 부푼 근육을 어깨 보호대와 가슴 보호대만으로 덮은 평상시 복장을 하고 있었다. 덥수룩한 수염도 부활했다.

그 옆에서 무표정하게 고개를 숙이는 체구가 작은 소녀는 레네였다.

"오랜만입니다, 강공작 각하. 알리시아 님. 날마다 뜨겁게 러브러브하고 계신가요?"

체형을 보나 복장을 보나 레네는 언뜻 보면 그저 소년처럼 보인다. 그러나 발로이를 열렬하게 사모하고 있어서, 항상 '결혼해 주세요'라며 구애하고 있다.

"안녕하신가요? 렉산드르 자작님, 레네. 라그라드르는 무척 즐거운 곳 같네요!! 벌써 머리카락이 완전 끈적끈적하게 달라붙고 있어요!!"

태어나서 처음 맛보는 바닷바람의 폐해를 알리시아는 바로 입에 올렸다.

카슈반은 흠칫했지만, 발로이는 알리시아에게 악의가 없다는 것을 알고 있었다. 웃으면서 알리시아에게 커다란 손을 뻗었다.

"하하, 그런가? 아가씨는 바닷바람도 처음이겠구먼. 어디…… 어라?"

황갈색 머리카락에 뻗으려던 손을 잡아 멈춰 세운 것은 카슈반이었다.

"이거 실례했군, 강공작 각하. 애처가라는 소문은 진작부터 익히 들었지."

"웃기지 마라, 발로이. 함부로 알리시아에게 손대지 마."

난 진심이다. 그런 분위기를 풍기는 카슈반에게 발로이는 히죽 웃으며 손을 거둬들였다.

"알았다니까. 그런데 네가 여기에 온 게 몇 년 만이지? 카슈반. 귀여운 구석이라고는 조금도 없고 묘하게 냉정한 눈을 하고 있던 꼬마가 지금은 어린 아내에게 푹 빠졌다니⋯⋯."

전부터 나랑 동갑으로 보였지만. 이렇게 말하면서 발로이는 실제보다 열 살은 더 많아 보이는 제자를 놀렸다.

"아무리 멋진 여자를 소개해줘도 쌀쌀맞게 굴기에 이 녀석, 혹시 여자에게 관심이 없나 싶을 정도였다니까. 참나, 어린 소녀가 취향이라면 먼저 말을 하라고. 나름 멋진 여자를 수배해줬구면."

"흥, 그쪽이야말로 레네가 착 달라붙어 있어서 '발로이, 설마 소년 취향인가?'라는 소문이 돌고 있나 보던데. 노라에게 접근한 것도 다 위장이었다는 식으로."

"카슈반 님, 소년 취향이 뭐죠? 옷을 소년처럼 입는다는 건가요?"

"⋯⋯어린애를 좋아한다는 말이다."

카슈반이 상당히 폭넓은 해석을 했다. 그 말에 발로이는 카슈반에게 뭔가 말하려 했지만, 그 전에 레네가 담담하게 말했다.

"발로이 님에 관해 그런 소문이 돌고 있다니 뜻밖입니다. 소문을 부정하기 위해서라도 결혼해주십시오."

틈만 나면 반복하는 레네의 구혼을 발로이는 이번에도 무시했다.

"나는 카슈반과 달리 진성 거유 취미라고. 그렇지? 거유 하녀."

"아앗, 그 별명은 이제 그만두라고 했죠?!"

풍만한 가슴을 끌어안는 동작으로 노라가 절규했다. 그러자 노라와 발로이 사이에 험악한 얼굴을 한 티르나드가 끼어들었다.

"응? 왜 그러지? 레이덴의 도련님."

"노, 노라에게 너무…… 이상한 소리 하지 마라."

라그라드르에서 발로이에게 여자를 사이에 두고 의견을 제시한다. 그것은 상당히 담력을 요구하는 행동이었다. 발로이가 검은 눈을 가늘게 뜨고 티르나드를 바라보았다.

"흐응, 그런가…… 노라가 짝을 만났다는 이야기는 들었는데. 교육 담당으로서 의견은 어떤가? 세이그람."

발로이는 이전에는 자신의 용병단에 적을 두었던 세이그람에게 대화의 화살을 돌렸다. 그러자 세이그람은 천천히 발로이와 티르나드 사이에 섰다.

"현시점에서 노라는 제 주인의 신부 후보 3위입니다. 죄송합니다만, 다른 거유를 찾아주십시오."

'……어느새 순위가 올라갔을까요?'

노라가 복잡한 얼굴을 했다.

발로이는 노라에게서 티르나드에게로 시선을 돌렸다.

"노라는 전부터 내가 점찍어 뒀는데. 그걸 알면서도 자기주장을 했겠지? 레이덴 백작 각하."

"……그렇다."

티르나드가 스스로 세이그람 앞으로 한 발 나서 발로이와 서로 가까이에서 노려보는 위치에 섰다. 티르나드는 각오한 표정으로 단언했다.

"라그라드르인의 의견 따위 귀담아들을 가치가 없다고 생각하시는가?"

"……이전에는 그렇게 생각하는 점은 인정하지. 하지만…… 지금까지 너, 너희의 힘이나 정보망에…… 많은 도움을 받았다."

티르나드는 첫 대면 때부터 발로이에게, 라기보다는 라그라드르인 전체에 거부 반응을 보였었다. 그러나 후견인이나 교육 담당이 라그라드르인과 교류하고 있었다. 작년에 '날개의 기도' 교단에 납치되었을 때는 용병들이 자신을 구출하는데 손을 빌려주었다. 물론 카슈반이 지급할 것은 지급했지만.

"하지만 그것과 이건 별개다. ……나는…… 노라를, 좋아, 한다. 라그라드르인이든 실딘인이든 뺏기지 않겠다."

단호하게 고백한 티르나드도, 고백을 받은 노라도 얼굴이 새빨갰다.

풋풋한 두 사람을 보고 발로이는 옅게 웃었다.

"솔직한데, 도련님. '차별 같은 건 하지 않습니다'라는 말은 안 하나?"

발로이는 일부러 그러는 것처럼 목을 가볍게 돌려 보았다. 어깨와 목을 잇는 곳에 부풀어 오른 근육을 과시하는 행동에 티르나드가 꿀꺽 침을 삼켰다.

"잠깐만요. 레이덴 백작님도 발로이도 그만둬요! 애, 애초에 발로이는 일방적으로 나한테 접근했을 뿐이잖아요. 제멋대로 말하지 말아줘요!"

당황한 노라가 발로이를 추궁했다. 그러나 발로이의 손이 올라가는 쪽이 빨랐다.

한 대 얻어맞으려나. 티르나드가 이를 꽉 다물었고, 세이그람이 채찍을 꺼낼 준비를 했다. 루아크와 제다도 눈빛을 교환했다.

─그러나 발로이는 검고 커다란 손으로 티르나드의 머리를 거칠게 쓰다듬었다.

"그 도련님이 훌륭하게 성장했군. 젊음이란 좋구먼."

산뜻하게 웃는 얼굴을 보고 티르나드는 힘이 빠져서 자리에 주저앉을 뻔했다.

"남의 여자에게 손을 댈 정도로 타락하지 않았어. 노라는 좋은 여자다. 소중히 대해주라고. 그리고 차이면 바로 나한테 가르쳐줘."

마지막에 툭툭 갈색 머리카락을 가볍게 두드린 발로이는 문득 심술궂은 미소를 띠었다.

"그런데 도련님, 잘 보니까 꽤 귀여운걸. 분명히 아직 미성년이지?"

"어, 어…… 잠, 얼굴, 가까……."

티르나드가 다른 의미에서 겁을 먹었다. 발로이는 친한 척 그 어깨를 끌어안았다.

"나는 소년 취향이라고 의심을 사고 있다고. 어때? 티르 도련님. 사랑하는 노라 대신 아야야야!!"

세이그람의 채찍에 손등을 얻어맞고, 레네의 발길질에 정강이를 걷어차인 발로이가 억눌린 비명 소리를 냈다.

"어머, 두 사람은 소년 취향이 아닌웁."

별 뜻 없이 중얼거린 알리시아의 입을 카슈반이 '다르게 설명해야 했어……'라고 후회하며 틀어막았다.

"그분은 제 주인님이십니다. 남의 남자에게 손을 대는 것도 삼가십시오."

"발로이 님, 소년이 취향이시라면 저도 좋으시겠죠? 비슷하니까요. 우선 저로 시험해보시죠."

"당연히 농담이지! 나처럼 여자를 좋아하는 사람도 없다고! 정말로 실딘인은 농담이 통하지 않는구먼! 특히 레네, 내 부하인 주제에 뭐하냐!"

발로이가 아픈 손발을 감싸면서 아우성쳤다. 그에게 레네는 표정을 바꾸지 않고 말했다.

"저는 실딘인인지 어떤지 불명입니다만, 발로이 님이 실딘인이라고 말씀하신다면야."

"……아아, 그만 됐다!"

전 '장난감 군대' 출신으로 온갖 고생을 해온 레네. 발로이는 레네가 이런 태도를 보이면 거북스러워했다.

"정말이지. 내가 정보를 얻는 처지니까 이번에는 관대하게 봐주겠는데, 기억해두라고. 세이그람……."

발로이는 작은 목소리로 투덜대며 물러났다. 그가 흘린 말을 듣고 카슈반과 세이그람은 슬쩍 시선을 교환했다.

제오르디스가 발로이에게 사죄하려고 라그라드르를 방문한 한편, 발로이의 사업상 적에 해당하는 다른 용병단과 비밀리에 접촉했다. 현시점에는 발로이에게 이 내용만 전했을 뿐이었다.

그러나 카슈반 일행의 목적은 제오르디스가 라그라드르에서 감지한 '뭔가'를 찾아내는 것이었다. ―어쩌면 발로이 및 라그라드르인 전체의 분노를 살지도 몰랐다.

"그 왕자 전하, 눈에 뻔히 보이는 사죄를 하는 모습이 천하일품이었지. 게다가 몇 번이고 묘한 눈으로 레네를 쳐다봤다……."

발로이가 얼굴을 찡그리며 중얼거렸다. 그 한마디에 레네가 헉, 숨을 들이켰다.

"발로이 님, 저를 걱정해주시는 겁니까?"

"아아, 그나저나 루아크와 제다는 여기 와서까지 얼굴을 가리고 있나?"

살짝 당황한 얼굴을 한 발로이는 깊숙하게 두건을 뒤집어쓴 두 사람에게 다소 당돌하게 말을 걸었다.

"너희가 전 '장난감 군대' 출신으로, 우리를 뭉개버리려고 만든 조직의 인간이었다는 건 여기서는 다 알고 있다고. 지금 와서 얼굴만 가려봤자 무의미할 거야. 게다가 제다는 얼마 전까지만 해도 아무렇지도 않게 얼굴 내놓고 다녔잖아?"

그 말대로였다. 발로이 용병단에서 파견되었다는 형태로 레이덴 가에 와 있는 제다다. 얼굴을 감출 필요는 별로 없었다.

존재가 드러나 있지 않은 루아크도 라그라드르에는 잘 알려져 있었다. 전 '장난감 군대' 안에서도 출중한 전투 능력을 갖춘 자로서, 용병들에게 위협이 될 수 있는 사신이라는 사실이.

"엇, 그치만. 소년 취향인 아저씨 앞에 내 귀여운 얼굴을 그대로 드러낼 수는 없잖아. 야한 눈으로 바라보기라도 하면 곤란하니까."

루아크는 헤실거리며 그렇게 말해서 발로이의 제안을 거절했다. 실정은 어떤지 몰라도 불안정한 정황에 틈을 파고들 여지를 주는 행동은 피해야 했다.

"하하, 입담까지 포함해서 꼭 우리 용병단으로 데려가고 싶은데. 그러니까 일단 한 번 우리 용병단에 와주면 남들 보기에도……. 아야, 이 녀석, 레네, 그만해! 나한테 그런 취미가 없는 줄 알잖아?"

진심으로 발로이가 소년 취향으로 기울어지면 곤란하다고 생각했을까. 레네가 직접적인 폭력을 행사하며 나섰다. 발로이는 레네를 제지하면서 외쳤다.

"성벽은 언제 눈을 뜰지 알 수 없습니다. 그렇지만 소년 취향이라면 잘만 압력을 가하면 빈유 취향으로 이행시킬 수 있겠구나 싶고."

"사람의 성벽에 압력을 가하려고 하지 마! 그만두라니까, 다른 방향으로 눈뜰 것 같다고!"

그때 줄곧 잠자코 있던 제다가 뭔가를 결의한 얼굴로 앞으로 나와 이렇게 말했다.

"―발로이 님, 제 동생에게 손을 대지 말아주십시오."

"너, 내 얘기 전혀 안 들었지……. 단장을 좀 존경하라고, 정 말……."

최근에는 부하 복이 없구먼. 진절머리난다는 얼굴로 중얼거린 발로이는 마음을 가다듬었는지 다렌 시가지 쪽을 가리켰다.

"자, 그럼 서서 이야기하기도 그러니까, 슬슬 너희가 묵을 숙소로 안내하지."

"고맙습니다! 숙소라니 어떤 곳이죠? 유령이나 뭐 그런 게 나오나요?"

알리시아가 빨리도 흥분했다. 그 뇌리에서 라그라드르를 무대로 한 공포 소설 여러 권이 전개되고 있었다.

"알고 있겠지만, 이곳에서 너희는 완전 이방인이다. 성질이 거친 녀석들이 많기도 해서, 특히 다른 나라 여자가 혼자 돌아다니는 건 좋지 않아. 이 나라 여자라면 아무렇지도 않게 남자 한 둘쯤 날려버리겠지만."

발로이는 알리시아와 노라를 보면서 그렇게 말하고는 표정을 살짝 굳힌 카슈반과 티르나드에게 히죽 웃어 보였다.

"물론 각자 왕자님이 잘 지켜주리라 생각하지만, 무슨 일이 생기면 내 이름을 대도록 해. 반드시 지켜줄 수 있다고 보증할 수는 없지만, 억지력 정도는 돼주겠지. 그럼, 가자고."

그때까지는 알리시아 일행도 알 수 있는 말로 떠들던 발로이는 뒤로 돌아서서 라그라드르인 젊은이들에게 뭔가를 전했다. 아무래도 발로이 용병단에 속한 용병인 듯, 복장은 단장과 매우 비슷했다.

　"어머. 렉산드르 자작님, 지금 뭐라고 말씀하셨죠?"

　"라그라드르어로 '손님 안내하는 걸 도와라'라고 말한 거야."

　카슈반이 대답하면서 알리시아의 손을 끌고 부부용 마차에 올랐다. 다른 사람들도 일단 각자 마차로 돌아갔고, 발로이와 그 부하들이 이끄는 대로 다렌 거리를 나아갔다.

　"라그라드르 말인가요……. 근사해요. 뭔가 독특한 울림이 있는 언어네요……."

　실딘에서 사용하는 공용어와는 전혀 다른, 약간 어감이 거친 라그라드르어에 알리시아는 흥미진진했다. 거리에 들어서면서 더욱 또렷하게 들려오는 사람들의 대화 내용이 궁금해서 참을 수가 없었다.

　"렉산드르 자작님도 카슈반 님도 두 나라 말을 하실 줄 아는군요. 멋져요."

　"라그라드르인은 외국에서 일하는 경우가 많으니까. 인근 국가의 말을 배워두지 않으면 일을 얻을 수 없어. 세이그람은 이전에 발로이 용병단에서 실딘 말을 가르치는 일을 하며 귀중한 대접을 받았다고 한다."

　카슈반은 마차 바깥에서 태평하게 이쪽을 가리키며 뭔가를 말하는 라그라드르인들을 바라보면서 그렇게 가르쳐주었다.

"나는 이 나라에 몇 번인가 왔을 때 아주 약간 배웠다. 그렇지만 겨우 일상 회화를 할 수 있는 정도다. 깊이 있는 내용은 이해 못 해."

그렇게 말한 카슈반의 눈이 문득 심술궂게 빛났다.

"라그라드르어에 흥미가 있나 보지? 너는 무엇에든 흥미를 갖는군."

남편이 입꼬리를 살짝 끌어 올려 웃으면서 바라보자, 몸 안쪽에서 열이 나는 것 같은 착각이 들었다.

생각해보니 알리시아의 생일 이후, 라그라드르로 여행갈 준비에 바빠서 두 사람만의 시간은 거의 낼 수 없었다. 이때까지 여정에서도 기본적으로 마차 안에서는 두 사람뿐이었다. 하지만 카슈반은 시종 세이그람과 루아크와 뭔가 협의를 할 뿐, 스스럼없이 러브러브한 일은 하지 않았다.

"죄, 죄송합니다, 저도 참……."

신체 접촉을 원하는 볼썽사나운 자신을 알아차리고 알리시아는 갑자기 부끄러워졌다.

카슈반은 빨갛게 물들어 고개를 숙이는 아내를 사랑스럽다는 듯이 바라보며, 작은 창문의 한쪽으로 밀어놓았던 커튼에 손을 갖다 댔다.

"그렇게 라그라드르어에 흥미가 있다면 내가 가르쳐줄까……?"

한 손으로 커튼을 잡아당겨 닫으며 카슈반이 알리시아에게로 거리를 좁혔다. 그의 말을 듣고 알리시아는 조금 전에 배운 말을 문득 떠올렸다.

"어, 저기, 그러고 보면 카슈반 님은 언젠가 제가 아이를 낳아 줬으면 좋겠다고 하셨죠……. 그게 '소년 취향'이읍."

"……잘 들어, 알리시아. 내가 잘못했으니까, 앞으로 두 번 다시 그 단어를 입에 담지 마. 알았지?"

카슈반은 뭐든지 지나치게 흥미를 갖는 아내의 입을 막으며, 무언가를 포기했는지 커튼을 다시 열었다.

다렌 시가지 외곽에 있는 2층짜리 석조 건물이 발로이가 라이센 레이덴 가 일행을 위해 준비한 숙소였다.

타국에서 온 손님을 접객하는 영빈관이라는데, 실딘 귀족 기준에서 말하자면 별로 크지도 넓지도 않았다. 그러나 몇 개인가 동물 머리가 벽에 걸렸고, 바닥에는 모피가 깔려 이국적인 정서가 가득한 내부에 알리시아는 크게 만족했다.

"어머, 이 모피는 뭐라고 하는 동물이죠? 이빨이 엄청나네요! 곰은 아니죠?"

알리시아는 주황색과 검은색 줄무늬가 선명한 동물의 머리를 올려다보며 들뜬 목소리를 냈다. 그 뒤에 노라가 서서 '아아, 많지 않은 장점 중 하나인데'라고 중얼거리면서 바닷바람에 들러붙은 주인의 황갈색 머리카락을 빗고 있었다.

"이건 호랑이라고 해, 알리시아. 그러고 보니 옛날에 싸운 적이 있는 것 같기도 하고……."

루아크의 위험스러운 추억담에 노라가 뒤로 물러섰다. 한쪽에서는 카슈반이 왜인지 트레이스와 함께 난로 안을 들여다보고 있었다.

"호랑이와? 대단하네요. 꼭 다시 한번 싸워 봐요……. 어머, 카슈반 님. 왜 그러세요?"

"아니, 제대로 손질이 됐는지 궁금해서…… 좋아. 장작도 준비했군."

그을음을 제대로 털어냈는지, 마른 장작을 준비했는지 등을 확인한 카슈반은 다시 허리를 폈다.

"라그라드르인은 추위에 강해. 봄이 되면 난로를 사용하는 일은 거의 없어. 아즈베르그의 주민도 추위에는 익숙하지만, 너도 있으니까."

영빈관이기에 이런 준비가 돼 있으리라. 알리시아도 아즈베르그에서 1년을 살았지만 태어나고 자란 페이트린의 기온은 연중 온화해서 살기 좋았다. 그래서 추위에 내성이 별로 없었다.

"그러네요. 이걸 벗으며 추울지도요…… 에취."

아직 그대로 입고 있던 모피 겉옷을 벗는 순간, 생각보다 추워서 재채기가 나왔다. 카슈반은 트레이스에게 난로에 불을 피우라고 말하면서 알리시아를 살짝 끌어안았다.

"추우면 잠시 이렇게 해줄까?"

요염하게 속삭이는 목소리에 알리시아는 추위도 잊을 만큼 '배가 아파' 왔다.

"앗, 어, 저, 그게…… 그럼, 잠깐만……."

"······주인님, 마님. 그러시려면 침실로 가시는 게 어떠신가요?"

겨우 안정을 취할 수 있는 곳에 도착하기 무섭게 다른 사람 눈도 거리끼지 않고 러브러브하는 주인 부부에게 노라가 질렸다는 얼굴로 지적했다. 카슈반은 그 말을 바로 되받았다.

"노라도 티르에게 가도 돼. 알고 있겠지만, 레이덴 가 녀석들은 저 옆방이다."

"아, 안 가요. 그런, 아직 결혼을 약속하지도 않았는데······!"

"트레이스, 너도 뭣하면 발로이에게 부탁해 적당한 처자를 소개받던가."

"······카슈반 님, 제가 그런 류 농담을 싫어하는 줄 알고 계시죠······? 애초에 알리시아 님 앞에서 할 만한 이야기가 아니잖습니까······?"

실딘인 중에서도 특히 농담이 통하지 않는 트레이스의 목소리는 얼음처럼 차가웠다. 카슈반은 한기가 느껴지는 얼굴을 하더니 천천히 알리시아에게서 떨어졌다.

"—자, 좀 이르지만 나는 티르를 데리고 발로이에게 다녀오마. 가자, 트레이스. 루아크도 잘 부탁한다."

"에이. 그럼 나도 다녀올게, 알리시아."

가볍게 인사를 한 루아크는 왜인지 창이 있는 쪽으로 걸어갔다.

"루아크, 왜 그래요? 카슈반 님은 이쪽에 계세요."

"아하하, 알리시아가 그런 걱정을 해주다니."

밝게 웃은 루아크는 설명을 시작했다.

"나는 알리시아의 호위로 여기 남는다고 돼 있어. 하지만 그게, 왕자님 말씀을 확인해봐야 하잖아. 다렌에는 라그라드르의 관청이 몇 개인가 모여 있기도 하니까, 잘 뒤지면 여러모로 알 수 있는 게 있겠지."

"제다도 함께 가나요?"

"제다 씨는 여기 남을 거야. 어느 쪽이라도 남지 않으면 무슨 일이 생겼을 때 곤란하잖아. 그렇지? 제다 씨."

"아아."

고개를 끄덕인 것은 어느새 노라 뒤에 서 있던 제다였다. 루아크의 갑작스러운 출현에 어느 정도 익숙해졌던 노라도 간만에 비명을 질렀다. 그러나 카슈반은 그에는 개의치 않고 말했다.

"그런 거다, 알리시아. 하지만 제다가 붙어 있다고 해도 함부로 바깥을 나돌아다니면 안 된다. 조금 전 발로이도 말했듯이 이곳은 아즈베르그는 물론 실딘조차 아니야. 실딘인이라는 사실만으로도 위험한 꼴을 당할지도 모르는 곳이라는 점을 잊지 말도록."

라그라드르인은 실딘인에게 오랫동안 차별을 받아왔다는 울분을 속에 쌓아두고 있다. 앞으로도 그 점을 자각하라고 카슈반은 새삼스럽게 덧붙였다.

"……예, 주의하겠습니다."

호기심이 꿈틀거리고 있었지만, 알리시아는 이곳에 관광하러 온 것이 아니다. 아내로서 남편의 외교를 도와야 했다.

"오랜 여행으로 피곤하기도 할 테니, 농담이 아니라 진짜로 침대에서 조금 쉬어두는 것도 좋겠지. 밤에는 환영 연회를 열어준다고 한다. 그때는 데리고 가줄 테니 감기 걸리지 않도록 조심해라. 그럼."

아내의 착한 대답에 만족스러운 미소를 보이고, 카슈반은 트레이스를 데리고 방에서 나갔다. 루아크도 한 손을 흔들고는 갑자기 창밖으로 모습을 감추었다.

"……음 그러니까, 제다와 저와 마님 이렇게 세 사람만 남았나요……?"

제다와 그다지 오래 지내본 적이 없는 노라는 말을 나누기가 다소 어려운 모양이었다.

"어머, 제다가 싫은가요? 노라."

알리시아가 직설적으로 묻자 제다는 다소 침울한 얼굴을 했다.

"아, 아뇨. 싫은 건 아니에요! 단지 저기, 별로 이야기를 해본 적이 없는 상대라서……."

"……미안하군. 나는 사람과 이야기하는 데에 서툴러서…… 그럴 기회가 별로 없었으니까…… 발로이 님에게 여러모로 배우고 있지만 그게 좀처럼……."

여러모로 배운 결과, 제다는 작년에 알리시아에게 인사 대신 '변함없이 멋진 몸을 하고 있군'이라고 말해버렸다.

"알레이 님은 발로이 님에게 배운 것은 모두 잊어버리라고 하셔서, 나로서는 어떻게 해야 할지 모르겠어……."

"……양극단인 두 사람을 스승으로 삼고 말았네요, 당신도. 두 사람의 성향을 합친 다음에 반으로 나누면 딱…… 좋지 않을까요……?"

노라는 점점 더 침울해하는 제다를 약간 동정했다. 그에 알리시아는 적극적으로 제안했다.

"그럼 지금부터라도 기회를 만들면 되죠. 있잖아요, 노라. 모처럼 차라도 마실래요? 이곳 술은 나한테 너무 세니까."

토지가 척박한 라그라드르에서는 찻잎이 잘 자라지 않는다. 그래서 마실 거리는 렘블라를 대표로 하는 독한 술이 일반적이었다. 그러나 이곳은 과연 영빈관인 만큼 실딘 국내에서 딴 찻잎도 준비돼 있었다.

그러나 노라는 세 사람이서 즐겁게 차를 마실 수 있다고 생각 못 한 것 같았다.

"예? 저희 셋이서 차를요……? 마님, 차도 좋지만 조금 쉬는 게 어떠신가요? 저도 사실 조금 피곤한데요……."

"어머. 신경 써주지 못해서 미안해요, 노라. 그럼 우리 셋이서 침대에서 쉴까요?"

"아무리 그래도 그건 안 됩니다!"

혈색을 바꾼 노라가 알리시아의 말을 바로 각하했다. 제다는 호리호리한 몸을 한층 더 움츠렸다.

"신경 쓰지 마십시오. 저는 모습을 숨기고 있을 테니, 두 분은 평상시 지내시던 대로 지내십시오."

"어머, 그래요? 하지만 제다는 멋진 돼지 두개골을 보내준 '아들'인걸요. 이야기를 한 적이 별로 없으니, 가능하면 좀 더 친해지고 싶어요. 그렇죠? 노라."

노라는 '저한테 묻지 말아 주세요'라고 말하고 싶은 눈으로 호소했다. 반면 제다는 감격에 겨운 듯이 중얼거렸다.

"……고맙습니다, 알리시아 님…… 아니, 그…… 어머, 니……."

아마도 어머니라는 호칭을 입에 올린 적은 처음인 것 같았다. 발음이 무척 어색했는데, 그래도 그 말을 들은 알리시아의 가슴에 묘한 술렁거림이 피어났다.

언젠가 카슈반의 아이를 낳아서…… 그 아이에게 '어머니'라고 불릴 날이 올까. 루아크가 '형'이 되는 날은 올까.

"저…… 여성에게 감사를 표시할 때 발로이 님은 가슴을 만지작거리라고 하셨고, 알레이 님은 돈을 건네라고 말씀하셨는데, 어느 쪽이 맞는 말입니까……?"

"……우리 마님이라면 후자겠지만, 보통은 그저 고맙다고 말하면 돼요."

모든 것을 물거품으로 만들어버리는 제다의 질문에 노라는 한숨 섞인 목소리로 대답했다. 그리고 전부 포기하는 심정으로 차를 준비하러 갔다.

따뜻한 김이 피어오르는 차를 입에 머금으면서 알리시아는 긴장한 얼굴로 맞은편에 앉은 제다에게 물었다.

"사실은 말이죠, 제다. 묻고 싶은 게 있어요. 저기, 루아크의 '선생님'은 어떤 사람이죠?"

'선생님'이라는 한마디에 제다의 얼굴이 차츰 굳었다.

"……루아크는 뭐라고 하던가요?"

"'장난감 군대' 시절, 싸우는 법을 가르쳐준 사람이라고 말했어요. 무척 강하다고도요. 호랑이와 싸우게 한 적도 있나 본데, 그 외에 뭔가 알고 있나요?"

작년에 일어난 국왕 암살 미수 사건의 범인이며 루아크의 스승에 해당하는 '선생님'. 얼마 전에 라이센 저택에 숨어든 기제를 붙잡았을 때 비로소 알리시아가 존재에 관해 들을 수 있었던 인물.

"……죄송합니다. 저도 자세히는. '장난감 군대'는 몇 개 소대로 나뉘어 있어서 소속된 부대 이외에는 잘 모릅니다."

상세한 내용을 알지 못하는 것은 제다도 마찬가지였다.

"다만 '선생님'이라고 불리는, 실력이 아주 뛰어난 지도자가 훈련을 담당한 부대가 가장 우수하다는 말은 자주 들었습니다. 저도 다른 녀석들도 전부 '선생님' 부대에 들어가는 게 꿈이었죠. ……루아크는 그 부대에서 줄곧 일등이었습니다."

이전 알리시아는 루아크 본인에게 '선생님'은 어떤 사람이에요? 하고 물은 적이 있었다. 그러나 루아크는 지금 제다가 가르쳐준 정도밖에 설명해주지 않았다.

애초에 알리시아는 '장난감 군대'를 잘 몰랐다. 그곳이 어떤 곳이었는지 신경이 쓰였지만, 루아크는 형 사이드와 복잡한 불화도 있어서 알리시아조차도 대놓고 묻기를 주저했다.

'장난감 군대'에서는 기술에 따라 순위가 매겨지고 하위 대원은 처리되었다. 가혹한 생존 경쟁 속에서 흔들림 없이 언제나 '일등'으로 남아 있던 루아크를 처음에는 미워했던 일을 떠올렸을까. 제다의 표정이 미묘해졌다.

"'선생님'은 이름이 '선생님'인가요?"

"아뇨, 그렇지는 않을 거라 생각합니다……. 하지만 저희 이름도 입대할 때 부모가 붙여준 이름이 없으면 누군가가 적당히 붙이곤 했죠."

거기서 제다는 분위기를 부드럽게 하려는지 다른 이야기를 끼워 넣었다.

"아, 저와 레네의 이름도 죽은 녀석 이름에서 따왔어요. 새 이름을 생각하기 귀찮았다는 모양이에요. 하하…… 아, 엇 그게, 재미없나요……?"

이야기가 점점 무거워져서 동석하고 있던 노라가 점점 거북한 얼굴을 했다. 반면 알리시아는 질문을 계속했다.

"'선생님'은 지금 '날개의 기도' 교단을 모시고 있을까요? 가제트 후작님은 그렇게 말씀하셨는데요."

"그럴지도 모르겠습니다. 하지만 저도 그 일에 관해서는 뭐라고 드릴 말씀이 없군요……."

황송해 하는 제다에게 알리시아는 생각 끝에 다른 질문을 했다.

"기제라는 사람이 '선생님' 부대의 2등인가요?"

"그렇습니다. 기제는 스스로 지원해서 '장난감 군대'에 들어온 보기 드문 녀석입니다……. '회색'으로 태어난 탓에 힘든 생활을 해온 것 같았습니다. 그래서 라그라드르인을 원망하는 것 같더군요."

실딘인과 라그라드르인 사이에서 태어난 '회색'은 때로는 순수 라그라드르인 이상으로 심한 차별을 받는다. 라그라드르에 대항하는 목적을 내세운 '장난감 군대'는 기제에게 안성맞춤이었을 것이다.

"……루아크도 원망하는 것 같습니다. 하지만 '장난감 군대' 대부분은 그 녀석을…… 아, 아뇨."

그만 말실수를 한 제다는 당황해서 설명을 보충했다.

"루아크에게는 잘못이 없습니다. 그저 녀석이 유별나게 강했고 '선생님'도 좋게 평가했기 때문에 아무래도 질투를 살 수밖에 없었을 뿐이죠."

"제다도 처음에는 루아크를 싫어했다고 말했죠. 하지만 괜찮아요. 지금은 루아크를 매우 좋아하니까요. 저도 루아크를 좋아한답니다."

웃는 얼굴로 말하는 알리시아에게 제다는 한순간 눈을 크게 떴다. 그러나 다음 순간, 머리를 깊이 숙였다.

"—알리시아 님. 앞으로도 루아크를 잘 부탁합니다."

"물론이에요. 당신도 루아크도 소중한 가족인걸요."

알리시아가 생긋 웃고, 제다도 서툴지만 웃는 얼굴을 만들어 보였다.

노라도 조금 허물없어졌는지 고개를 끄덕이면서 스리슬쩍 화제를 바꾸려 했다.

"……그렇죠. 당신도 루아크도 우선 우리에게 더는 위해를 가하지 않을 테니까요. 사이좋게 지내지 못할 것도 없죠. 그러기 위해서라도 우선…… 좀 더 일반적이고 밝은 이야기를 할래요?"

그러나 제다는 '일반적이고 밝은 이야기'에 관해 잠시 고민하더니, 골똘히 생각하는 표정을 지으면서 고개를 저었다.

"……죄송합니다, 이야깃거리가 없어서 이 이상은 말을 할 수가 없네요……. 아, 어 그러니까, 두 분은 혹시 인간의 급소에 대해 흥미가 있으십니까……?"

"나는 있어읍."

"예예, 마님은 좀 잠자코 계세요. 그렇지만 제다에게 올해 유행할 것 같은 드레스 얘기를 해도 이해 못하겠죠……."

익숙한 손놀림으로 알리시아의 입을 막은 노라도 화제를 찾으려고 입을 다물었다. 그에 따라 침묵이 자리를 지배했다. 그때 도중에 해방된 알리시아의 머리에 문득 좋은 생각이 떠올랐다.

"맞다, 제다. 공통된 화제가 있으면 이야기도 활기를 띨 거예요."

라그라드르의 일몰은 아즈베르그와 마찬가지로 빨랐다. 그러나 거리의 소란스러움은 주변이 어두워져도 기세가 꺾일 줄 몰랐다. 루아크는 취객과 호객꾼이 싸우는 목소리가 뒤섞인 틈을 뚫고 알리시아 일행이 기다리는 방으로 돌아왔다.

"다녀왔어요! 첫날은 우선 망보기 좋은 곳을 머릿속에 집어넣고, 사람의 흐름을 파악하는 정도로 끝냈어. 환영 연회를 시작하면 다시 거리에 나가보려고 하는데…… 어라?"

루아크가 실내에 떠도는 어두운 공기를 알아차리고 놀란 소리를 냈다.

"알리시아…… 는 괜찮네. 노라랑…… 제다 씨는 어떻게 된 거야? 설마 무슨 일이라도 있었어?!"

서로에게 양보하고 있는지 끄트머리와 끄트머리로 나뉘어서 침대에 엎드린 노라와 제다의 옆에서 알리시아가 바지런히 두 사람에게 이불을 덮어주고 있었다.

"어머, 어서 와요, 루아크."

루아크가 돌아온 것을 알아차린 알리시아는 느긋하게 인사를 했다.

"아, 어 그러니까, 어이쿠 카슈반 형님도 마침 돌아오는 모양이네."

루아크가 한 말처럼 바로 카슈반이 밖에서 문을 두드리는 소리가 들렸다. 루아크가 문을 열고 안으로 맞아들였다.

"다녀왔다, 알리시아. 아아, 루아크도 돌아와 있었나……. 노라와 제다는 왜 저러지?"

"우푸, 어, 어머, 카슈반 님, 어서 오세요……."

노라가 주인이 돌아온 것을 알아차리고 비틀거리며 몸을 일으켰다.

"죄송합니다. 공통된 화젯거리를 만들자면서 마님이 또 이상한 책을 제다에게 읽혀서요……."

그 말을 들은 카슈반은 작은 테이블 위에 방치된 다구와 함께 놓인 책을 보았다. 표지를 장식한, 절반 정도 녹아내린 기분 나쁜 저택 그림이 특징인 '줄줄 저택이 녹아내리네'였다.

"너, 또 알리시아와 같이 책을 읽었나?"

'비악'으로도 질리지 않았냐, 그렇게 말하고 싶은 듯한 질문을 노라는 한껏 부정했다.

"아니에요. 다만 옆에서 제다가 괴로워서 몸부림치는 걸 보고 여러 가지가 생각 나버렸을 뿐이에요!!"

제다가 침대에서 몸을 일으키려는 모습을 보고 루아크가 부축해주었다.

"아아, 루아크. 미안하다……. 호위로 남았는데 꼴사나운 모습을 보이고 말았다……."

"……아─ '줄저녹' 말이지. 알리시아가 빌려주겠다는데 시이르 양이 거절했던 그거구나. 제다 씨, 이걸 읽었어……?"

공통 취미를 만들고자 책을 읽는 건 어떤가, 알리시아에게 그런 제안을 받은 제다는 알리시아가 지참한 '줄저녹'을 순순히 읽기 시작했다. 그러나 '녹아내리는 저택'이라고 불리는 저택에 아무것도 모르고 침입한 동물이나 인간이 조금씩 녹아서 저택의 양분이 된다는 기분 나쁜 묘사를 읽는 가운데 점차 얼굴색이 나빠지더니, 종국에는 노라까지 끌어들여서 같이 쓰러지고 말았다.

일단 침대 위에 걸터앉은 제다는 헝클어진 은발을 쓸어 올리며 중얼거렸다.

"아직 독서를 취미로 삼을 수 없겠지만…… 정신력은 단련된 것 같다. 또 다른 책을 빌려주신다니 이렇게 이야깃거리를 만들면 분명히……."

"……응, 제다 씨는 정말로 다른 사람의 영향을 잘 받네. 저기 말이지. 사람과 사귀는 방법을 배우고 싶다면 발로이 아저씨랑 세이그람이랑 알리시아는 안 된다니까. 나쁜 말은 안 할게. 그치만 적어도 트레이스 씨를 스승으로 삼는 게 좋겠어."

바로 그 트레이스를 대동한 카슈반은 새삼스럽게 방 안을 둘러보고 나서 이렇게 말했다.

"나가기 전에 말했듯이 나는 이제부터 환영 연회에 참석할 건데, 알리시아는 괜찮지?"

"예, 물론이죠. 노라와 제다는 괜찮은가요?"

"당분간 음식 냄새를 맡고 싶지 않아요……."

"저, 저는 괜찮습니다."

루아크의 '형'으로서 강인함을 요구받는 제다가 당차게 딱 잘라 말했다.

"……뭐, 괜찮겠지. 나나 세이그람도 있고, 저쪽이 주관하는 연회이니 무슨 일이 생기면 저쪽 책임이다."

섣부르게 몸 상태를 배려해줬다가는 제다가 한층 더 고집을 부릴 것이라는 사실을 카슈반은 잘 알고 있었다. 그래서 더는 말하지 않았다.

대신 또 다른 은발 쪽으로 대화의 화살을 돌렸다.

"루아크, 어떻더냐?"

"아직 보고할 만한 건 아무것도 없어. 미안하지만 조금 더 시간을 주겠어?"

"알았다. 계속해서 잘 부탁하마. 그럼 가자, 알리시아."

형식적인 질문이었는지 카슈반은 바로 아내를 불렀다.

"예, 카슈반 님. 여러분, 남은 음식이 있으면 돌아올 때 선물로 받아올게요."

"아니, 그러니까 저는 한동안은 아무것도 안 먹어도 된다니까요······."

노라가 약한 목소리를 냈지만 알리시아는 기운차게 방에서 나가버렸다.

발밑이 흔들렸다. 발밑만이 아니라 시야도 흔들렸다. 흔들흔들, 흔들흔들.

"이봐, 알리시아. 괜찮으냐······."

카슈반의 팔에 기대서 묘하게 즐거운 기분으로 영빈관의 통로를 걷던 알리시아는 남편의 부름에 헤벌쭉 웃었다.

"우후, 후, 괜찮, 답니다아······. 카슈반 님. 저, 괜찮, 아요오⋯⋯."

카슈반도 더는 아무 말도 하지 않고 불안한 걸음걸이로 비틀비틀 방으로 향했다. 바로 뒤에서는 제다가 당황한 얼굴로 쫓아오고 있었다. 그러나 카슈반은 제다에게 어깨를 빌리지도, 알리시아를 옮기는 일도 맡기지 않고 전부 거부했다.

발로이가 주최한 환영 연회는 바로 직전까지 이어졌었다. 아즈베르그 주민들이 들뜨는 것과는 비교도 할 수 없을 정도로 분위기가 고조되었다. 장소는 다렌 시가지 중앙에 있는 광장. 밤바람이 차가웠지만 거대한 모닥불과 그곳에 모인 사람들의 열기 덕분에 추위가 전혀 느껴지지 않았다.

라그라드르어 노래나 라그라드르의 춤을 끊임없이 내보이는 가운데, 호쾌하게 자른 구운 고기와 해산물 요리를 계속해서 눈앞에 날라왔다. 알리시아는 음식을 먹으면서 이것저것 질문을 해대다가 카슈반에게 '다 삼키고 나서 말해라'라는 주의를 받았다.

단, 알리시아는 술은 한 방울도 입에 대지 않았다. 그랬지만 광장에 렘블라 냄새가 떠도는 데다가, 더불어 옆자리에 앉은 남편이 바쁘게 술을 들이켰던 덕분에 술 취한 것과 비슷한 상태가 되었다.

"아, 도, 도착했습니다, 두 분!"

방문 앞으로 재빨리 이동한 제다가 이 정도는 괜찮겠지 싶어서 문을 열어주었다.

"아아, 미안하다, 제다⋯⋯ 너도 그만 쉬어라."

"아뇨, 그럴 수는 없습니다."

"티르와 트레이스를 데려다주느라 피곤할 테지. 괜찮으니 가서 쉬어라……. 어차피 슬슬 루아크도 돌아올 테고……."

알리시아와는 달리 술을 거절할 수는 없었던 티르나드나, 알리시아와 같은 이유로 취해버린 트레이스는 이미 각자 방에 옮겨졌다. 아직 '줄저녹'으로 타격을 입고 여운에 시달린다는 사실을 간파당한 제다는 마지못해 고개를 끄덕이고 모습을 감추었다.

"제다야, 잘 자요오……."

카슈반은 바닥을 향해 손을 흔들던 알리시아를 잡아당겨서 방 안으로 들여보냈다.

"잘 자요오, 잘 자요오……."

"네가 먼저 잘 자요. 상태가 돼라……."

그렇게 말하면서 카슈반은 고생고생해서 알리시아를 침대에 눕혔다. 카슈반도 술에는 꽤 강했지만, 내성을 웃도는 주량에 힘이 들어가지 않는 모양이었다.

"……웅, 카슈반 님……?"

부드러운 침대보에 기분 좋게 얼굴을 묻고 있던 알리시아는 침대 전체가 크게 흔들리는 것을 알아차리고 시선을 들었다. 카슈반이 옆자리에 쓰러진 것이다.

"……아아, 오랜만에 제대로 취했다……."

조용히 중얼거린 카슈반은 손을 뻗어서 알리시아의 머리를 마구 쓰다듬었다. 취기 탓인가, 조금 난폭해진 손놀림에 오히려 가슴이 두근거렸다.

"즐거웠나? 조금 전 그 연회……."

"예, 무척…… 무척 엄청나게 즐거웠어요오……."

"잘됐군……. 우선 외교 제1막으로는 성공이군……. 그렇게 우걱우걱 잘 먹고 생글거리면 환영하는 사람은 보람 있겠지……. 라그라드르인이 만드는 음식에는 손도 대지 않는 실딘인이 많으니까……."

실제로 티르나드도 조금 주저하는 얼굴을 했다. 하지만 세이그람이 채찍을 꺼내기도 전에 제대로 먹기 시작했다. 라그라드르에 가진 편견을 조금씩 고쳐나가고 있는 것 같았다.

"우후…… 도움이 돼서, 기뻐, 요, 에췽."

차츰 술이 깨는지 알리시아가 재채기를 했다.

"추운가……?"

"예, 조금이요……, ……앗."

침대가 삐걱거렸다. 알리시아는 방향을 바꾼 카슈반의 팔에 눈 깜짝할 사이에 끌어안겼다.

"……난롯불로 몸을 덥히려면 시간이 걸릴 테니까……. 따뜻한가?"

"아, 아, 에, 예……. 무척, 따뜻, 해요."

오히려 더울 정도였다. 게다가 카슈반에게서 풍기는 렘블라의 독한 냄새도 더욱 강하게 느껴져 자신의 상태를 잘 알 수 없었다.

머릿속에서 다양한 감정이 소용돌이쳤다. 무서웠다. 하지만 계속 이대로 있고 싶기도 했다……. 좀 더 진도가 나갔으면 좋 겠다는 생각도 했다.

역시 술에 취했을까. 술에, 분위기에, 아니면 카슈반에게?

"저기, 저는……."

"……알리시아, 좀 더 만져도 될까?"

머뭇거리는 알리시아의 귀에 몸이 단 것 같은 카슈반의 목소 리가 흘러들어 왔다.

"아, 예…… 앗."

카슈반은 알리시아의 대답을 끝까지 듣지도 않고 몸을 일으켜 알리시아에게 몸을 겹쳤다. 눈을 감을 틈도 없이 입술이 틀어막 혔다.

술 냄새가 나는 젖은 입술은 화상을 입을 것처럼 뜨거웠고, 고혹적일 정도로 달콤했다. 알리시아는 자신을 잊고 카슈반의 양팔에 매달리듯이 손톱을 세웠다.

"줄곧 이러고 싶었다……. 한동안은 만족스럽게 시간을 낼 수 없었으니까……."

이윽고 입술을 살짝 뗀 카슈반은 알리시아를 꽉 끌어안고 그 렇게 속삭였다. 취기 때문인가, 여느 때처럼 희롱하는 말이나 여 유로움이 담기지 않은 말은 매우 직접적이었다.

"다시 말하지만, 생일 축하한다. 알리시아……."

"고, 고맙, 습니다……."

"열다섯 살 너를, 더는 만질 수 없어서 분하지만…… 그만큼 열여섯 살인 너를 잔뜩…… 나만이, 만지고 싶다……. 그래도 되지……?"

알리시아의 취한 머리를 휘젓는, 술주정뱅이의 수수께끼 같은 말.

"고, 고, 고고고, 고, 고맙습……? 응……!"

알리시아가 혼란스러워하는 사이 카슈반의 입술이 다시 한번 내려왔다. 이번에는 입술을 겹치는 정도에서 멈추지 않고, 램블라 냄새가 나는 혀가 입안을 더듬었다. 숨이 막히는 한편으로 도취감이 밀려 올라와 머리가 어질어질했다.

"……흐, 응…… 카슈, 님……."

"……부족해."

충분히, 너무 긴 입맞춤을 끝낸 후에도 카슈반의 눈동자에 깃든 불꽃은 수그러들지 않았다. 카슈반은 자기 입술을 날름 핥았다.

"부족해. 좀 더…… 갖고 싶다. 널 만지고 싶어……."

꾸밈없는 욕망이 깃든 말에 '배가 아파서' 참을 수가 없었다.

깊은 입맞춤에 어느새 수치심은 사라지고 남편을 향한 순수한 마음만이 알리시아를 움직였다. 자신이 카슈반을 원하듯이 카슈반도 자신을 원한다. 그 사실이 기뻤다.

"저도……, 줄곧 카슈반 님이, 만져주시기를, 바라고, 있었어요."

촉촉하게 젖은 눈동자로 알리시아는 남편을 올려다보며 미소지었다.

게다가 취한 탓일까. 여느 때라면 대개 다른 방향을 바라보던 눈이 정확하게 카슈반을 향하고 있었다.

"—안 돼, 안 돼!"

마지막 남은 이성마저 마비되려는 것을 알아차린 카슈반은 큰 소리를 내며 갑자기 침대에서 내려갔다. 술의 마력을 떨쳐내려는지 강하게 머리를 흔들더니, 이번에는 두통이라도 일어났는지 자리에 주저앉았다.

"어머, 카슈반 님. 괜찮으세요……?"

"……으으, 안 돼, 안 돼. 서로 취해서 하다니 최악이잖아……! 그게, 처음에는 좀 더 낭만이 필요하다고……!"

카슈반은 의아해하는 알리시아에게는 아랑곳하지 않고 이마에 손을 댄 채 꿈꾸는 소녀와도 같은 소리를 하고 있었다.

"아즈베르그에도 겨울에 아이를 만드는 녀석들이 많지……. 달리 할 게 없기도 하지만, 역시 춥기 때문인가……?"

"어머, 추위가 관계있나요……? 추우면 소년 취향이 되읍."

금지된 단어를 입에 올린 알리시아는 스스로 입을 막았다.

한편, 카슈반은 아내의 실언 덕분에 완전히 제정신을 차린 것 같았다. 두통에 얼굴을 찡그리면서도 안정된 발걸음으로 침대로 돌아왔다.

"……아직 제대로 각오도 다지지 못했는데, 이상한 짓을 해서 미안했다. 그만 자자. 평범하게. 알았지?"

'소년 취향'이라는 단어를 말하면 카슈반의 의욕이 사라진다. 알리시아도 그 사실을 점차 깨달았다.

그 증거로 다시 한번 옆에 누운 남편은 상냥하게 이불을 덮어

주고 끌어안아 주었지만, '배가 아파진' 알리시아를 더는 만지지 않고 재빨리 눈을 감아버렸다.

……조금 더 이상한 짓을 해주셔도 괜찮은데.

저도 모르게 뇌리에 떠오른 생각에 알리시아는 혼자 얼굴을 붉혔다.

다음 날, 알리시아는 숙취에 고생하는 카슈반을 따라 발로이가 이끄는 용병단이 훈련하는 모습을 견학하러 갔다.

도중에 발로이가 '모처럼 기회가 왔으니 루아크와 대련해보고 싶다'는 말을 꺼냈다. 그러나 항상 주인 부부 곁에 있던 루아크는 이번에는 라그라드르에 있는 '뭔가'를 찾느라 옆에 없었다. 어설프게 거절했다가는 발로이가 이유를 따지고 들 것이다.

그래서 카슈반은 '그런 허울 좋은 소리를 하다니, 아직도 그 녀석을 향한 미련을 못 버렸나?'라고 내뱉음으로써 사랑하는 사람이 소년 취향이 아닐까 의심하던 레네가 폭발하게 만드는 성과를 얻었다.

그렇게 카슈반 일행은 별 탈 없이 상황을 모면할 수 있었다. 나중에 발로이가 있는 대로 불만을 쏟아내긴 했지만.

이후로도 다렌 시가지에 있는 합동 의사당—라그라드르에 귀족 작위는 존재하지만, 왕은 없다. 정치적 사안은 세력이 강한 용병단장끼리 합의해서 결정되며, 합동 의사당은 그러기 위한 시설이다—에 가거나, 발로이와 친한 다른 용병단 사람과 만나거나, 영빈관에서 일하는 라그라드르인에게 라그라드르에서 유행하는 노래를 배우거나 했다.

바쁜 나날을 보내면서도 알리시아는 짬을 내 고대하던 바다를 보러 갔다. 라그라드르에 도착한 지 5일째 되던 날이었다.

다렌 시가지에 있을 때보다 훨씬 농밀한 바닷바람이 검은 바위가 굴러다니는 해안 저편에서 불어왔다.

카슈반은 별로 특별한 것도 없다는 얼굴로 걸었지만, 알리시아는 눈 앞에 펼쳐진 황량한 광경에 완전히 마음을 빼앗겼다.

"이게 바다……!"

낮게 드리워진 음울한 구름 밑, 회색 파도가 가까이 다가왔다가 물러나기를 반복했다. 커다란 호수라면 몇 번인가 본 적이 있다. 그러나 아무리 응시해도 건너편 해안이 보이지 않고 수평선이 보이는 경험은 처음이었다.

"바다예요! 바다! 카슈반 님, 루아크, 바다!"

흥분한 나머지 알리시아는 오로지 '바다'라는 말만 반복했다. 카슈반이 바닷바람에 날아갈 것 같은 알리시아의 두건을 살짝 눌러주었다.

그 뒤에서 루아크가 두건을 가볍게 누르면서 '와, 오랜만에 보네'라고 느긋한 감상을 늘어놓았다. 노라가 이런저런 이유를 대며 바다에 동행하는 것을 거부했기 때문에 대신 그가 온 것이었다.

덤으로 제다는 티르나드, 세이그람과 함께 발로이 용병단이 근거지로 삼고 있는 저택을 방문해, 현직 단원이라는 점을 십분 활용해 은밀히 내부 조사를 하는 중이었다.

일행 중에서 가장 경건한 '날개의 기도' 신자인 트레이스에게 는 카슈반이 먼저 영빈관을 지키라고 명령했다. 본인은 시련에 맞서는 성인과도 같은 얼굴을 하고 따라오려고 했지만, 그 상태 로는 바다에 도착했을 때 어떻게 될지 알 수 없었다.

"아아, 그래. 바다다. ……알리시아, 미안하지만 나는 이 나 라에 몇 번인가 온 적이 있어서 기쁨을 그렇게까지 공유할 수는 없다만……."

카슈반은 알리시아에게 조금 미안한 투로 말하고 혼잣말을 했다.

"……옛날에 라그라드르인이 살았다는 풍요로운 남국의 바 다는 푸르고 투명해서 마치 보석처럼 아름다웠다더군. 하지 만…… 이 바다는 깊은 곳에 괴물이 어슬렁거려도 이상하지 않 겠어."

라그라드르인에게 전해지는 신화에 따르면 '태양의 민족'은 풍요로운 남국의 섬에서 태양의 여신에게 축복을 받아 행복한 나날을 보냈다고 한다. 그러나 태양의 여신에게 차인 불 산의 신 이 섬을 용암으로 꽉 채워버려서 신천지를 찾아 나설 수밖에 없 었다던가.

"어머, 그랬군요……. 그렇게 아름다운 바다라면 언젠가 꼭 한번 보고 싶네요. 하지만 이 무시무시한 바다도 나름대로 근사해요.”

알리시아가 가진 '바다'에 관한 지식은 주로 공포 소설에서 알게 된 것이다. 그런 점에서 눈앞에 있는 풍경은 알리시아가 아는 '바다'와 딱 일치했다. 히야아, 감격스러운 소리를 낸 알리시아는 똑바로 바다를 향해 걸어갔다.

“알리시아에게는 역시 이쪽 바다가 더 잘 어울리는걸.”

루아크도 그렇게 맞장구를 치며 알리시아의 뒤를 쫓았다. 그러나 카슈반은 미간에 주름을 모을 뿐이었다.

“……이봐, 바다는 이제 충분히 봤지? 발밑도 위험하니까 너무 가까이 다가가지 마…….”

“저기, 카슈반 님. 저분들은 무엇을 하고 계시죠?”

알리시아는 앞바다에 작은 배 몇 척이 떠 있는 광경을 발견했다. 심한 파도가 배를 후려치는데도 교묘하게 배의 위치를 유지하며 바다에서 뭔가를 끌어 올리고 있었다.

“아아. 저건 고기잡이, 그러니까 물고기를 잡는 거다…… 이 표현이 맞겠지.”

카슈반은 최근에 알리시아에게 새로운 단어를 가르칠 때마다 신중해졌다.

“바다 밑에 설치해둔 그물을 끌어 올리는 거야.”

루아크가 설명을 보태자 알리시아는 눈을 반짝였다.

“어머……. 바다 밑! 근사해요. 물밑 왕국의 괴물도 한 마리 정도는 걸릴까요?”

“아하하, 라그라드르 용병이랑 싸우면 어느 쪽이 이길까?”

정치어업(그물을 설치해 고기가 지나가면 끌어올리는 어업) 풍경을 바라보며 루아크가 웃었다. 그 사이 알리시아는 한층 바다에 가까이 갔다. 이번에는 좀 더 해변에 가까운 곳에서 신경이 쓰이는 사람들을 발견했다.

"저분들은 무얼 하고 계시죠?"

알리시아가 발견한 것은 수면 위로 솟아오른 암반 주위에서 목만 물 위로 내밀고 있는 몇 라그라드르인이었다. 문득 한 사람의 머리가 갑자기 바닷속으로 사라졌다.

"꺅! 저분, 가라앉았어요!!"

"가라앉은 게 아니라 잠수한 거다. 저런 식으로 조개나 해초를 줍지."

카슈반의 설명에 알리시아는 그라네우스와 식사했을 때를 떠올렸다.

"조개⋯⋯. 아, 모래와 함께 먹는 그것이군요!"

"⋯⋯원래는 조개가 제대로 모래를 토해낸 다음에 먹는 거야."

카슈반은 아내에게 뭔가를 가르쳐주는 행위의 어려움을 통감했다. 그런 남편에게는 전혀 개의치 않고 알리시아는 물가 바로 앞까지 나아갔다. 그러나 곧 카슈반에게 손목을 붙잡혔다.

"이봐, 알리시아. 안 돼. 더는 바다에 가까이 가지 마라."

"괜찮잖아. 알리시아, 바닷물을 만져보고 싶지?"

루아크의 엄호를 받은 알리시아는 카슈반을 돌아보며 졸랐다.

"아, 저기, 괜찮을까요? 카슈반 님⋯⋯. 부탁이에요. 이런 기회는 좀처럼 없으니까요."

한 번 안 된다는 말을 들었기 때문에 알리시아는 약간 머뭇거렸다.

"……뭐 만지는 정도는 괜찮지만……."

그 귀여운 동작에 카슈반은 하마터면 함락될 뻔했다. 그러나 알리시아에게는 더 큰 야망이 있었다.

"저…… 가능하다면 헤엄을 쳐보거나, 잠수해보거나 하고 싶은데요……. 안 될까요……?"

아내의 뻔뻔한 부탁에 카슈반은 있는 대로 떫은 얼굴을 했다. 루아크도 쓴웃음을 지었다.

"나도 바다에 들어가는 건 찬성할 수 없네. 아직 날도 춥고, 무엇보다 옷은 어쩔 거야? 아직 카슈반 형님도 본 적 없는 맨살을 다른 사람 눈에…… 어이쿠. 예예, 알았다고요!!"

카슈반의 발길질을 루아크는 가볍게 뒤로 점프해 피했다.

"정말이지……. 아니, 농담이 아니다, 알리시아. 물가에서 노는 것까지는 좋지만, 바다에 들어가면 안 돼. ……'날개의 기도'를 국교로 삼고 있는 나라의 인간은 무의식중에 바다에 공포심이 깊숙이 박혀 있다. 아무리 괜찮다고 생각해도 대부분 공포로 몸이 굳어버려."

알리시아는 진지한 얼굴로 타이르는 카슈반에게 되물었다.

"카슈반 님도, 그러신가요?"

별다른 뜻 없는 질문이었지만 카슈반은 뺨이라도 얻어맞은 얼굴을 했다.

말없이 바다 건너편으로 시선을 던지는 옆얼굴에는 복잡한 그늘이 드리워져 있었다.

"……발로이에게 자기들하고 친하게 지내고 싶다면 바다에 들어가 보라는 말을 들었지……. 그때 나 자신도 역시 '날개의 기도'의 가르침을 받고 자랐다는 사실을 통감했다. 지금은 익숙해졌지만."

독실한 '날개의 기도' 신자였던 어머니라도 떠올렸을까. 카슈반의 아버지, 레디오르 하르바스트를 모시는 하녀였던 마리안느 라이센은 신앙심 때문에 영주에게 몸을 바쳤다. 그리고 아들을 낳은 뒤 살해당했다.

카슈반의, 신을 싫어하는 불신심의 뿌리에는 틀림없이 양친의 존재가 있었다.

그러나 카슈반도 신앙심 깊은 아즈베르그 지방에서 태어나고 자랐다. 소꿉친구인 트레이스도 경건한 신자다. '날개의 기도'의 가르침에 전혀 영향을 받지 않을 수는 없었을 것이다.

"헤에. 지금은 익숙해졌다면, 카슈반 형님 혹시 헤엄칠 줄 알아?"

루아크가 휙 화제를 바꾸었다.

"아아, 조금은……."

"어머, 멋져요……. 카슈반 님은 라그라드르 분들이 하는 일은 뭐든 하실 수 있군요. 고기잡이도 하실 수 있나요?"

알리시아가 살짝 부러운 듯이 중얼거렸다. 아내를 바라보는 카슈반의 표정에 여유가 되돌아왔다.

"진짜로 바다에 들어가진 못하지만, 바다에 들어가는 느낌이 어떤지는 가르쳐주마. ……영차."

카슈반이 갑자기 알리시아의 허리를 안아서 번쩍 들어 올렸다. 어린아이처럼 허공에 들어 올려진 알리시아는 비명을 질렀다. 지지할 곳을 잃은 발끝이 허공을 차는 모습을 카슈반은 히죽거리며 바라보았다.

"발이 떠 있어서 불안하지? 하지만 당황해서 버둥거리면 오히려 가라앉는다."

그 말을 들은 알리시아에게 몇 번인가 읽은 적이 있는, 바다가 무대인 공포 소설이 떠올랐다. 차가운 물의 흐름 때문에 몸은 자유롭게 움직일 수 없고, 입과 귀로 물이 들어온다. 그 공포에서 도망치려고 버둥거릴수록 등장인물은 죽음에 가까워진다.

……생각할수록 익사하는 결말만이 찾아올 것 같아서 알리시아는 기억을 그만 더듬었다. 천천히 호흡하면서 우선은 허공에서 발끝을 모았다.

"사람의 몸은 물에 뜨게 돼 있다. 진정하고 손발에 힘을 빼봐. ……그래, 그렇게."

알리시아는 양손과 양다리에 힘을 빼고 카슈반이 받쳐주는 힘에만 몸을 맡겼다. 허리를 받쳐주는 믿음직한 팔을 의식한 순간, 다시 전신에 힘이 들어갔다. 그러나 알리시아는 열심히 노력해서 다시 힘을 뺐다.

"그러면 저절로 몸이 위로 뜬다. 다리를 조금 벌리고 발아래 물을 밟듯이 하면 그 자세를 유지할 수 있어. 얼굴만 물 밖으로 나오면 숨은 쉴 수 있으니까, 우선은 물에 뜨는 법부터 배우는 게 좋아."

"예, 알았습니다!"

카슈반이 말하는 대로 알리시아는 다리를 움직이거나 위를 향한 채 음—파—숨을 들이쉬었다. 그러는 사이 알리시아의 머리에서 두건이 떨어졌다. 그것을 루아크가 집어 들었다.

"아무래도 좋지만, 형님. 대낮부터 다리를 벌리라니 그런 말은 하지 않는 편이 좋겠는데? 좀 전부터 저기 맨몸으로 잠수하던 사람들이 빤히 본다고. 알리시아도 드레스 차림으로 너무 움직이면 안이 다 들여다보일 거야."

라그라드르인 중에는 실딘어를 아는 사람이 많다. 카슈반은 당황해서 알리시아를 바닥에 내려놓았다.

"실수했군. 라그라드르인은 여자를 좋아하니, 알리시아를 너무 남자에게 내보이면 이상한 벌레가 꼬일지도 모르는데……."

"……응. 노라를 보고 휘파람을 불거나 환성을 지르는 녀석들이 많아서 티르 도련님이 애를 태우고 있지. 근데 형님은 그렇게까지 걱정하지 않아도 돼."

배려에 가득 찬 맞장구를 친 루아크는 나무판자를 붙잡고 물에 떠 있는 라그라드르인들에게 손을 흔들어 보였다.

"게다가 저 사람들, 흐뭇하다고 말하는걸. 아버지랑 딸이라고 생각하는 거 아닐까?"

"어머, 루아크도 라그라드르어를 할 줄 아나요?"

알리시아가 묻자 루아크는 손을 흔들던 것을 멈추고 그녀를

돌아보았다.

"아, 응. 전에 억지로 배웠으니까."

"대단해요. 분명히 오르간도 칠 수 있었죠? 루아크는 뭐든지 할 줄 아네요!"

솔직한 칭찬의 말에 루아크는 쑥스럽게 웃었다.

"칭찬해줘서 고마워, 알리시아. ……에헤헤, 형님이 자꾸 귀엽다 귀엽다 해서 그런가? 사실은 나도 요즘 알리시아가 귀엽게 보이는걸……. 어이쿠, 무서워라. 그렇게 노려보지 마."

카슈반이 엄청난 눈으로 자신을 보고 있다는 사실을 알아차리고 루아크는 익살을 떨었다.

"……딱히 노려보는 게 아니다. 단지 넌 정말 뭐든지 능숙하다고 생각했을 뿐이야."

"와―국어책 읽는 어조로 칭찬해줘서 고마워. 뭐, 몸에 익히든가 죽든가 선택지는 둘밖에 없었으니까."

루아크가 또다시 험악한 추억담을 내보이는 통에 카슈반은 겸연쩍은 표정을 지었다. 그 모습을 보며 루아크는 히죽 웃었다. 그러던 루아크가 문득 다렌 시가지가 있는 쪽을 바라보았다.

"어라? 무슨 일 있나?"

시가지 쪽에서 종종걸음으로 몇 명의 용병들이 달려왔다. 그중 한 사람은 아는 얼굴이었다. 다렌 시가지에 도착했을 때에 보았던 발로이의 부하였다.

라그라드르어로 짧은 대화를 주고받은 카슈반이 표정을 굳혔다.

"─알았다. 바로 가지."

휴식은 끝이라는 뜻 같았다. 카슈반은 루아크에게 이렇게 말을 덧붙였다.

"루아크, 너는 알리시아를 데리고 숙소로 돌아가라. ……들어서 알겠지만, 아무래도 티르가 발로이 쪽에서 뭔가 사고를 낸 것 같다."

"아아, 도련님. 끝끝내 사고를 쳤나."

발로이 용병단을 방문한 티르나드가 뭔가 무례를 범했다는 알림이었다. 라그라드르인에게 가지는 편견을 완전히 불식하지 못했을 테지.

루아크도 한숨을 쉬었다.

"괜찮겠다고 생각해서 보냈다만…… 하지만 뭐, 지금 그런 말을 해봤자 별수 없지. 우선 후견인을 불러오라고 했다는군. 나는 발로이에게 갈 테니 너희는 먼저 숙소로 돌아가 있어."

"카슈반 님, 저도……."

돕겠다고 알리시아는 말하려 했으나 카슈반은 쌀쌀맞게 고개를 저었다.

"아니, 우선 나 혼자 가는 편이 좋겠다. 어쨌든 알리시아는 돌아가라. 알았지?"

마음은 고맙지만 이 이상 불안 요소를 늘리고 싶지 않다는 뜻을 넌지시 풍기며 카슈반은 재빨리 발길을 돌렸다. 카슈반은 발로이 용병단 단원들의 안내를 받아 바로 다렌 시가지로 향했다.

"우리도 돌아가자, 알리시아."

"······그래요."

아직 바닷물을 만져보지 못했지만요. 가능하다면 다음번에 다시, 카슈반 님과 함께 있을 때 해보고 싶네요.

그렇게 생각하면서 알리시아는 루아크와 함께 해안가를 벗어났다.

해안가에서 다렌 시가지로 들어서자 돌로 지어진 높은 벽이 떡 버티고 서 있는 것이 보였다. 이 벽은 마을로 불어오는 바닷바람을 차단하려고 세워졌다고 했다. 그러나 염분을 머금은 바람에 크게 손상된 표면은 소금 결정으로 새하얗고, 여기저기 금도 가 있었다.

"세이그람 씨가 붙어 있었는데도 소용없었나. 노라도 함께 보내는 편이 좋았으려나. 하지만 노라는 라그라드르인들이 너무 좋아한 나머지 다른 문제를 일으킬 가능성이 있지······."

혼잣말을 하는 루아크를 따라 걸으면서 알리시아는 바쁘게 주위를 두리번거렸다. 아까는 바다에 간다는 생각에 머리가 꽉 차서 제대로 보지 못했지만, 거리 풍경도 꽤 신선했다.

"바닷바람의 힘은 대단하네요. 벽을 이렇게 만들다니. 하지만 이만큼 소금이 있으면 많은 요리에 쓸 수 있겠는걸요."

주변을 구경하던 알리시아는 양옆에만 신경 쓰느라 루아크가 어느샌가 멈춰 섰다는 사실을 알아차리지 못했다. 그대로 그의 등에 부딪히고 말았다.

"꺅! 루아크, 왜 그래요?"

"―알리시아, 움직이지 마!!"

긴박감 가득한 목소리로 루아크가 명령했다. 양손에는 그가 자랑하는 침 형태의 무기가 쥐어져 있었다.

다음 순간, 루아크의 모습이 사라졌다. 뭔가가 부딪치는 소리가 몇 번인가 나고, 그리고.

땡그랑. 힘없는 소리를 내며 사신의 무기가 바닥에 떨어졌다.

"……어?"

알리시아는 무슨 일이 일어났는지 이해할 수 없었다. 반사적으로 주변에서 가장 눈을 끄는 것, 바로 옆에 있는 붉게 물든 벽을 보았다.

루아크가 금이 간 벽에 기대서서 거친 숨을 토해내고 있었다. 오른손으로 누르고 있는 옆구리에서는 계속해서 선명한 붉은 액체가 흘러넘쳐서 등 뒤에 있는 벽과 지면을 적셨다.

고통으로 일그러진 녹색 눈동자가 알리시아를 포착했다. 꼼짝도 못 하는 알리시아에게 루아크는 여유라고는 조금도 찾아볼 수 없는 목소리로 외쳤다.

"도망쳐……!!"

"루, 루아크."

"도망쳐!! 도망쳐, 빨리……!!"

알리시아는 낭패스러워 하면서도 일단 한 걸음 앞으로 내디뎠다. 그러는 알리시아의 머리 위에서 낯선 목소리가 울려 퍼졌다.

"인식."

남자인지 여자인지, 젊은 사람인지 나이를 먹은 사람인지도 알 수 없었다. 온기도 개성도 전혀 느낄 수 없는, 그저 휘몰아치는 바닷바람과도 닮은 무기질적인 목소리였다.

"기억."

같은 목소리가 그렇게 말한 순간 알리시아의 목덜미에 무거운 충격이 내달렸다.

"실행."

마지막 중얼거림을 다 듣기도 전에 알리시아의 의식은 차가운 겨울 바닷속으로 가라앉았다.

[제3장] 새장 속의 성녀

어두운 바닷속에서 알리시아는 죽을힘을 다해 버둥거렸다.

주변에는 산보다 덩치가 큰 괴물, 눈이 세 개인 괴물, 뿔이 달린 괴물 등 멋진 괴물이 있었다. 알리시아는 생김새와 달리 행동거지는 지극히 신사다운 괴물들과 사이좋게 차를 마시고 있었다.

—왜 그러지? 아가씨. 기껏 와주더니 벌써 돌아가나?

"아니에요. 저, 숨이 막혀서…… 다시 한번 몸을 띄우지 않으면…… 앗!"

할 수 있는 데까지 온몸의 힘을 빼자, 무거운 물을 아무리 젓고 또 저어도 도무지 눈에 보이지 않았던 수면이 가까워졌다. 빛이 눈을 찌르고, 알리시아는 크게 숨을 들이마셨다…….

"저, 물에 떴어요, 카슈반 님……."

커다란 침대 위에서 눈을 뜬 알리시아는 그렇게 중얼거렸다. 그 말에 나른한 목소리가 대답했다.

"무슨…… 말을…… 하나?"

막 정신을 차린 알리시아보다 한층 더 의욕이 없어 보이는 목소리였다. 말한 자는 침대 머리맡에 앉은 한 사람의 남자였다. 긴 팔다리를 쭉 뻗고 늘어지게 하품을 한다. 알리시아와 같이 꾸

벅거리고 있던 것 같았다.

입고 있는 옷은 '날개의 기도' 교단 성직자의 증표인 기장이 긴 하얀 법의였다. 그러나 구불거리는 검은 머리카락은 앞쪽은 눈과 코를 가릴 정도로, 뒤쪽은 등을 덮을 정도로 길게 자라 있었다. 그 모습은 법의를 훔쳐 입은 산적처럼 보였다.

"잠꼬대도…… 특이하군…… 공주……."

알리시아를 '공주'라고 부른 남자의 얼굴은 머리카락에 가려져서 굳이 시력 나쁜 알리시아가 아니어도 잘 보이지 않았다. 그러나 독특한 풍채는 기억이 있었다.

"어머…… 당신은 류크의 친구인…… 분명히 레오니아 님이셨죠!"

벗겨진 안경을 손으로 더듬어 찾으며 알리시아는 겨우 알아맞혔다.

작년 아즈베르그 지방을 습격한 '날개의 기도' 교단 급진파 중 한 명, 레오니아였다. 만사 귀찮아하는 발명가로, 틈만 나면 잠을 자던 남자였다. 하지만 왜인지 류크와 자주 같이 다녔다.

"친구는, 아니지만…… 류크는…… 살아 있나……?"

주머니에서 알리시아의 안경을 꺼내 건네주면서 레오니아가 중얼거렸다.

알리시아는 순순히 안경을 받아서 다시 코 위에 걸쳤다. 주변을 둘러보니 이곳은 천장이 높고 넓은 방이었다. 벽과 바닥이 새하얀 실내. 있는 것이라고는 침대 외에 작은 탁자, 레오니아가 앉은 의자, 그리고 '아셀 어록'이니 '더 높은 나라의 문'이라고 쓰인 가죽 표지로 된 책이 꽂힌 선반뿐이었다.

완전히 낯선 곳이었지만 어딘가 비슷했다……. 그래, 작년에 납치된 알리시아가 갇혔던 레이덴 지방의 '날개의 기도' 성당의 방과.

"음, 저희 저택에서 일하고 있어요. 최근에는 새로운 경지에 도달했답니다!! 그런데 이곳은……."

기쁘게 보고하던 순간, 알리시아의 뇌리에 경보가 켜졌다.

하얀 벽에 찰싹 붙은 붉은 액체. 비명과도 같은 루아크의 목소리.

남의 원한을 살 정도로 뛰어난 실력을 갖춘 최강의 사신 소년이 졌다. 졌다…… 그리고.

"공주……?"

"레오니아 님, 루아크는요?"

레오니아는 희미하게 고개를 갸우뚱했다.

"루아크……? 아아 '장난감 군대'의…… 이봐."

침대에서 내려오려는 알리시아를 레오니아가 팔을 붙잡아 제지했다.

"멋대로…… 움직이지 마라…… 놓치지 말라는 말을 들었어……."

"그치만 루아크, 그렇게 피를 흘리다니……! 게다가 그 루아크가 그런 상처를 입다니……!!"

큰 상처와 대량 출혈의 끝에 찾아올 당연한 결론을 생각하는 것이 무서웠다.

레오니아는 보기 드물게 목소리를 떨면서 감정적이 된 알리시아를 물끄러미 바라보았다. 그러나 그러면서도 손을 놓지는 않았다.

"진정해라…… 공주는 지금은…… 이곳에 있을 수밖에 없어……."

아주 살짝 타이르는 듯한 울림을 머금은 목소리가 알리시아의 마음을 진정시켰다. 그것이 알리시아에게서 여느 때의 순종적인 자세를 이끌어냈다.

지금 여기서 소란을 피워봤자 루아크의 운명이 바뀌지는 않을 것이다. 자신이 얼마나 의식을 잃었는지는 모르겠지만, 아마 24시간 이상은 경과했으리라.

─작년 유란에게 카슈반을 죽이겠다는 말을 들었을 때와 똑같았다. 루아크가 죽은 모습은 보지 못했다. 죽었다는 말도 듣지 못했다.

"그러, 네요…… 루아크는 강한걸요. 누구보다도, 강하죠……."

"그 녀석은 죽었어."

확실히 죽은 것이 아니라고 열심히 자신에게 들려주던 알리시아에게, 문득 차가운 목소리가 말을 걸었다.

깜짝 놀라 고개를 드니 어느새 실내에 검은 머리카락을 가진 소년이 출현해 있었다. 거무스름한 피부가 방의 하얀 벽 때문에 한층 더 선명하게 떠올랐다. 그 검은 피부는 라그라드르인에게서 물려받았지만, 소년의 눈에서는 그들을 향한 증오가 불타고 있었다.

"'선생님'에게 찔렸다고. 그 녀석도 결국은 죽었어! 꼴좋다!!"

소리 높여 웃는 소년은 기제였다. 루아크를 증오하는 '회색'이
자, 루아크가 '솜씨로는 그 녀석이 더 위일지도 몰라'라고 말했
던 암살자.

"······'선생님'이 루아크를?"

'선생님'. 얼마 전에 그에 관해 제다에게 들었죠······. 묘하게
냉정하게 그렇게 생각하면서도 알리시아는 손가락 끝이 차갑게
식어가고 있음을 자각할 수 있었다.

입속이 말랐다. 확신이 흔들렸다. 이야기책에서 몇 번이나 봐
온 '죽음'이 심장을 강하게 움켜쥐었다.

······또 가족을 잃는가. 알리시아가 환각의 바다에서 버둥대
는 사이, 루아크는 정말로 물밑 왕국으로 가라앉았을까.

"핫, 뭐야. 사신 공주라고 불리는 여자가 한심하구나!"

기제가 바닥에 시선을 떨어뜨리고 움직이지 않게 된 알리시아
를 야유했다.

레오니아가 뭐라고 말을 하려고 했다. 그러나 반 박자 느린
설교를 시작하기 직전, 알리시아의 황갈색 머리카락이 희미하
게 흔들렸다. 동시에 기제가 입안에서 우물거리는 비명 소리를
냈다.

"기제? 왜 그."

"살아 있다."

그렇게 고하는 목소리는 개성도 인간미도 없이, 불어 나가는

바람처럼 무색투명했다.

때문에 그 목소리는 매우 특이한 인상을 남겼다. 그리고 목소리의 주인은 알리시아의 시야에 스치는 일조차 없이 떠나갔다.

마치 아무 일도 없었다는 듯이 실내에는 다시 알리시아와 레오니아 두 사람만이 남았다.

"······지금 그 사람이, 루아크의 '선생님'?"

"그런 모양이군······."

레오니아도 그의 모습을 포착하지 못한 것 같았다. 애매하게 맞장구를 쳤다.

"살아, 있군요, 루아크······. 다행이에요······."

상황은 전혀 파악하지 못했지만, 현재 알리시아에게 가장 중요한 정보는 손에 넣었다. 루아크는, 살아 있다.

'선생님'이라고 불린 목소리가 거짓말을 했을 가능성도 있다. 그러나 사람의 목소리라기보다는 바람에 가까운 음성은 그저 사실만을 입에 담은 것 같았다. 살아 있어만 준다면 분명히 다시 만날 수 있겠지.

그렇게 생각을 고쳐먹은 알리시아는 왼손에서 카슈반이 준 반지를 발견하고는 휴우, 숨을 토해냈다. ······자신도 무사하다. 안경도 반지도 전부 있다. 괜찮아. 괜찮을 거야.

그때 밖에서 문을 두드리는 소리가 들렸다.

"레오니아, 알리시아 님이 눈을 뜨셨다던데."

"어머······ 나딜 님?"

귀에 익은 목소리에 알리시아는 고개를 갸웃했다.

종자로 보이는 두 사람을 이끌고 우아한 발걸음으로 실내에 들어선 자는 '날개의 기도' 교단 제2계제의 성직자인 나딜이었다.

　세 사람 다 똑같이 하얀 법의를 입고 있었다. 그러나 나딜의 가슴에서 흔들리는, 날개를 본뜬 문장 밑에만 성녀 아셸의 옆얼굴이 새겨져 있었다. 그것은 제3계제 이상 사교라는 증표였다.

　"알리시아 님. 오랜만입니다."

　부드럽게 굽이치는 진홍색 머리카락을 쓸어 넘기고는 나딜은 요염해 보이는 쳐진 눈을 한층 더 늘어뜨리며 알리시아에게 미소 지었다. 화사한 미모를 잘 정돈해주는 하얀 분은 얼굴만이 아니라 손가락 끝에까지 발라져 있어서, 알리시아보다 더 품위 있는 귀부인으로 보였다.

　"아아, 음 그러니까, 오랜만이네요. 저기…… 그런데 여긴 어디죠? 저 혹시 또 '날개의 기도' 분들께 납치됐나요?"

　루아크를 쓰러뜨리고 데려왔으니 납치당한 것은 틀림없다. 작년에 끌려갔던 곳과 분위기도 비슷했다.

　"그럼 이곳은—이번에야말로 '날개의 기도' 교단 본거지로 끌려왔나요?!"

　실딘 및 인근 국가에 강한 영향력을 미치는 '날개의 기도' 교단. 신비성을 유지하기 위해 그들은 성녀 아셸이 있는 본거지를 절대 외부에 누설하지 않는다.

무엇보다 아셸은 몇백 년도 더 전에 있었던 전설에 나타나는 인물이다. 본인이 실존할 리가 없으니, 교단에서 내세우고 있는 아셸은 가짜일 것이다. 루아크는 그렇게 단언했다. 그러나 알리시아의 호기심은 계속 더해질 뿐이었다.

흥분해서 눈을 반짝거리는 알리시아에게 나딜은 냉랭하게 반응했다.

"무슨 새삼스러운 말을…… 시치미를 떼도 소용없습니다. 그걸 찾으려고 이곳에 온 것 아니신가요?"

의미심장한 나딜의 질문에 알리시아는 당혹스러워졌다.

"음, 최근에 카슈반 님이 정치적인 이야기를 해주시게 된 건 사실이지만, 그렇다고 내용을 전부 듣지는 못했는데……."

이번에 라그라드르에 온 것은 숨겨진 막연한 '뭔가'를 찾기 위해서. 더는 모르는데…… 그렇게 생각하며 알리시아는 문득 창밖을 바라보았다.

구름이 낮게 드리워진 음울한 하늘.

거칠게 넘실거리는 바다.

어디선가 불어오는 바닷바람 특유의 냄새.

이 경치는 분명히 기억하고 있다.

"저…… 이곳은, 라그라드르와 풍경이 무척 비슷하네요……?"

알리시아가 머뭇머뭇 묻자, 나딜은 가볍게 코웃음을 쳤다.

"비슷하다? 정말 천연덕스러우시군. 그러니까, 다 알고 오셨잖습니까? 사신 공주."

나딜이 우아하게 비웃는 순간, 알리시아의 안에서 이윽고 뭔가가 맞물렸다.

하늘의 색도 바다의 색도 라그라드르와 비슷한 게 아니다.

똑같다.

"'날개의 기도' 교단의 본거지는 라그라드르에 있나요……?!"

알리시아가 저도 모르게 목소리를 높였다. 그런 알리시아를 바라보는 나딜의 눈꼬리가 약간 치켜 올라갔다. 지금까지 하는 행동을 보고 연기가 아니라고 판단한 것 같았다.

"……너무 앞서 나간 게 아니신지요? ……나딜 님……."

두 사람의 모습을 지켜보면서 레오니아가 여느 때의 늘어지는 어조로 물었다.

"그 왕자가 라그라드르에 와서…… 공주 일행도 왔다……. 단순히 그것뿐인 게 아닐까요……?"

"하지만 루아크가 살금살금 뭔가를 캐고 다닌다는 보고가 들어왔다."

알리시아를 데려온 것은 나딜의 지시였던 것 같았다. 확고한 증거도 없이 섣불리 움직인 게 아니다. 나딜은 강경하게 그렇게 주장했지만, 그 말은 다소 변명처럼 들리기도 했다.

레오니아는 잠자코 가볍게 앞 머리카락을 쓸어 올려서 삼백안 기미가 있는 눈을 드러냈다.

"국왕 암살 미수도 그렇고…… 왕자 건도 그렇고…… 이번 일도 그렇고…… 최근 혼자만의 판단으로 멋대로 행동하는 일이 잦으시지 않나요……? 솔라스카 님은 뭐라고 하십니까……?"

솔라스카. 류크가 무섭다고 했던 분의 이름이네요.

알리시아가 그렇게 생각하고 있으려니 나딜이 표정을 살짝 찡그렸다.

"……나와 그분은 동격의 지도자다. 시급한 일은 한쪽이 독단으로 결정해도 상관없어."

"그렇습니까……? 최근 나딜 님은…… 제1계제에 계신 것처럼 행동하셔서……. 노틀레 님에게 허가는 받으셨습니까……?"

"닥쳐라, 레오니아. 네가 참견할 일이 아니야!!"

그렇게 딱 잘라 말하고 나딜은 이어서 레오니아에게 '밖으로 나가라'라고 덧붙였다.

"공주의…… 감시는……?"

"이 두 사람이 할 거다."

나딜은 자신이 데려온 두 명의 종자를 가리켰다. 알리시아는 일단 '어머, 안녕하세요?'라고 인사를 해봤다. 그러나 두 사람 다 멋지게 아무 반응도 보여주지 않았다.

레오니아의 예도 있어서 잠시 기다려봤다. 그러나 반응이 느린 게 아니라 반응이 없었다. 엄한 규율과 상위 성직자의 명령에 따라 행동한다, 교육이 잘된 '날개의 기도' 신자 같았다.

나딜은 대꾸할 여지도 없이 레오니아에게 그렇게 명령하고 내쫓으며 자신도 함께 방을 나섰다.

방에 남겨진 알리시아는 일단 탈출로를 찾아보려고 했다. 그러나 예상했던 대로 나딜이 데려온 종자에게 제지당했다.

'여기는 라그라드르 어디쯤이에요?'라든가, '아셸님은 어떤 분이죠?'라든가 '솔라스카 님은 그렇게 무서우신가요?'라든가, '나딜 님은 매일 스스로 화장을 하시나요?'라는 등 알리시아는 이것저것 물어보았다. 그러나 되돌아오는 것은 당연하게도 무반응뿐이었다.

난폭한 취급을 당하지는 않았지만, 이렇게 방치해놓으면 어떻게 해야 할지 알 수 없었다.

침대에서 내려오려는 행동만으로도 한 소리를 들었다. 그래서 알리시아는 별수 없이 안경을 벗어 머리맡에 놓고 다시 한번 침대에 누웠다. 생각보다 피곤했는지 정작 자리에 누우니 잠이 밀려왔다.

"처음 라이센 저택에 갔을 때도 카슈반 님에게 '여기 있기만 해도 충분하다'라는 말을 들었죠……."

작게 하품을 하면서 알리시아는 새삼스럽게 그리운 기억을 더듬었다.

—카슈반 님과 다른 사람들은 괜찮을까.

'선생님'의 공격이 루아크만으로 그쳤는지 어땠는지 알 수 없었다.

"저기……."

알리시아는 침대 옆과 문가에 서 있는 두 젊은이를 올려다보며 말을 걸었다. 그러나 두 사람 다 처음부터 들을 생각이 없는지 시선조차 움직이지 않았다. 그것을 보고 알리시아도 포기했다.

……될 대로 되겠지.

전투 능력이 전무한 알리시아가 앞뒤 생각 않고 도망친다고 사태가 개선될 가능성은 희박했다. 한 단어로 라그라드르라고 하지만 넓은 곳이다. 아무리 국가 전체가 작다고 해도 면적은 아즈베르그 지방 정도는 될 것이다.

무엇보다 이전에 비슷한 상황에 부닥쳤던 때와는 달리, 이번에는 나딜이 자신을 어떻게 할 생각으로 데려왔는지가 불투명했다.

말을 들어보면 인질로 삼으려는 것 같기도 했다. 그러나 섣불리 거슬렀다가 최악의 경우 살해당할지도 몰랐다.

"다들 살아 있어도 내가 살해되면 두 번 다시 만날 수 없죠……. 더 높은 나라나 물밑 왕국에서라면 재회할 수 있을지 모르겠지만, 카슈반 님은 사후 세계를 믿지 않는다고 하시니……. 기다리는 수밖에, 없겠네요……."

우울하게 혼잣말을 늘어놓는 소리에 알리시아를 감시하던 두 젊은이가 저도 모르게 침대를 들여다보았다. 그러나 이미 알리시아는 색색 고른 숨소리를 내며 잠들어 있었다.

얼마나 시간이 흘렀을까. 누군가가 낮게 억누른 목소리로 대화를 나누는 소리에 알리시아는 퍼뜩 눈을 떴다.

실내는 암흑천지였다. 방에 두꺼운 커튼이 내려져 있긴 했지만, 그것과는 별개로 벌써 밤이 된 것 같았다. 살짝 열린 문으로 희미한 불빛이 새어 들어오고 있었다.

그곳에는 알리시아를 감시하던 젊은이 중 한 명이 서서 복도에 있는 누군가와 이야기하고 있었다.

"나는 그런 얘기를 듣지 못했다고."

"지금…… 이야기했잖아……."

길게 늘어지는 목소리와 어조. 밖에 있는 사람은 레오니아였다.

알리시아는 소리를 내지 않도록 조심하면서 몸을 일으켰다. 다른 한 사람의 감시도 바깥에서 들려오는 이야기에 정신이 팔렸는지 알리시아에게 주의를 주려는 기색이 없었다.

"어쨌든 나딜 님에게 확인하겠다."

"나딜 님도…… 솔라스카 님도 안 계시다……."

급진파를 대표하는 두 사람의 이름을 거론하자 젊은이는 노기를 띠었다.

"그렇다면 안 된다! 알리시아 님을 밖에 내보내지 말라는 명령을 받았다!! 후딱 돌아가서 시시한 발명이라도 해!!"

무례한 발언에 이끌리는 일 없이 레오니아는 천천히 물었다.

"교단의…… 대표는…… 누구냐……?"

새삼스러운 질문에 젊은이는 대답이 궁해졌다. 잠시 후, 으르렁거리듯이 낮게 말을 내뱉었다.

"……레오니아, 네놈. 아셀님께서 마음에 들어 하신다고 해서…… 너무 우쭐대지 마라."

그 도발에 레오니아는 아무 대답도 하지 않고 문을 열고 안으로 들어왔다. 방으로 쏟아져 들어오는 빛이 강해지면서 알리시아는 눈이 부셔서 눈을 가늘게 떴다. 레오니아가 알리시아에게로 다가와서 이렇게 말했다.

"공주에게…… 만나게 하고 싶은…… 상대가 있다."

"어머, 누구시죠? ……앗……."

알리시아가 희희낙락해서 침대를 내려오려던 순간, 알리시아의 배가 작게 울렸다.

"저기, 죄송하지만 배가 고픈데요……."

"마침 잘 됐군……. 저녁 식사에 초대하고 싶다……."

감시를 서던 두 젊은이의 시선이 날아와 박히는 가운데, 레오니아는 알리시아에게 태연하게 말했다.

촛대를 손에 든 레오니아의 안내를 받으며 알리시아는 천장이 높은 어두운 복도를 걸었다.

라이센 저택도 낮부터 어슴푸레했지만 '날개의 기도' 교단의 본거지 내부는 그보다 한층 더 어두웠다. 군데군데 불이 켜져 있긴 했지만 사람의 모습은 보이지 않았다. 들려오는 것도 희미하게 속삭이는 소리뿐이었다.

"모두 벌써 주무시나요? 식사는요?"

"지금…… 먹고 있다……."

"어머, 그런가요? 다들 무척 예의 바르시네요."

옛날과 달리 요즘 알리시아의 식탁은 항상 떠들썩했다. 변함없이 바쁜 카슈반이 없어도 노라와 루아크는 항상 있다. 요리사인 단이나 주방에서 일하는 다른 고용인과 주방에서 하는 식사도 즐겁다.

"이곳에는…… 특히 신앙심이 깊은 자들밖에 없다……. 다들 묵묵히 먹고…… 움직이고…… 기도하고…… 자지."

조용한 것은 그 때문이라는 설명을 듣고 알리시아는 미소를 지었다.

"어머, 그럼 레오니아 님도 그러시겠네요."

지극히 단순한 맞장구였다. 그러나 레오니아는 잠시 뜸을 들인 뒤 대답했다.

"내가 여기 있는 건…… 백작가 출신이기 때문이다……."

"어머, 그러신가요?"

알리시아는 일단은 순수하게 고개를 끄덕였다. 그러나 바로 이상한 점을 알아차렸다.

"그러고 보니까 이전에 류크와도 그런 얘기를 하셨죠. 하지만 교단에 들어올 때는 가명은 버리잖아요?"

'날개의 기도' 교단에 입단해 성직자가 되면 가명을 버려야 한다. 관례였다. 말하자면 속세와의 인연을 끊는다고 선언하는 것이니, 작위는 아무 관계가 없을 텐데.

"입단할 때…… 가명은 버린다……. 하지만…… 버렸을 터인 그 이름으로…… 구별되지."

담담하게 설명하는 레오니아의 어조에는 변화가 없었다. 그러나 너무 길게 자란 앞 머리카락 밑에서 그는 스윽 눈을 가늘게 떴다.

"사실…… 고위 성직자는…… 대부분 귀족 출신이다……."

그럼 나딜 님과 솔라스카 님도 그러실까요. 알리시아는 그렇게 생각했다. 그러는 사이 레오니아가 멈춰 섰다.

어느새 주변 풍경이 바뀌어 있었다. 통로 벽도 단순한 흰 벽이 아니라 섬세한 그림이 그려져 있다는 사실을 알아차렸다. 류크의 그림은 아닌 것 같았지만 기량이 뛰어난 화가의 손으로 그렸다는 사실은 알 수 있었다. 벽에 그려진 그림에는 미쳐 날뛰는 바다 위를 우아하게 날아가는, 날개를 가진 소녀가 있었다.

"……멋진 그림이네요……. 50…… 으응, 호사가라면 70만 제달은 낼 거예요."

알리시아가 그림에 가격을 매기는 사이, 레오니아는 금색의 날개 장식이 달린 호화스러운 문에 가까이 다가갔다. 문을 지키는 병사들에게는 이미 이야기가 돼 있는지, 레오니아는 그들과 가볍게 시선을 교환하고는 알리시아를 돌아보았다.

"그림이 아니라…… 실물과 만나줘야겠어……. 공주……."

병사들이 문을 열었다. 안을 들여다본 알리시아는 앗, 하고 숨을 들이켰다.

촛대 불이 흔들리는 장방형 탁자 건너편, 상석에 한 소녀가 앉아 있었다.

흔들리는 촛불에 옅은 색 머리카락과 눈동자가 비쳤다. 그러나 무기질적인 미모보다 사람의 눈을 끄는 것은 등에 달린 거대한 날개였다. 바닷새의 날개로 만들어졌다는 가짜 날개를 짊어진 가짜 성녀.

"당신이…… 성녀 아셸님?"

"네가…… 사신 공주, 알리시아 라이센인가?"

두 사람은 확인하듯이 서로의 이름을 불렀다. 알리시아는 드레스 주머니를 뒤졌다.

빼앗겼을지도 모른다는 생각도 들었지만, 다행히 손가락 끝에 딱딱한 감촉이 느껴졌다. 류크가 만든 아셸의 목제 초상을 꺼낸 알리시아는 들떠서 그 자리에서 뛰어오를 듯이 떠들기 시작했다.

"—근사해요! 류크의 작품대로예요. 정말 아름다우세요!!"

꺄꺄 소란을 피우며 기뻐하는 알리시아를 보고 아셸이 희미하게 웃었다. 그 손에도 같은 제작자가 만든 사신 공주의 초상이 쥐어져 있었다.

"아아…… 그래, 그 얼굴이다. 류크라고 했던가. 레오니아의 벗은 정말로 솜씨만큼은 좋군……."

"어머, 그건 류크의 작품인가요? 류크는 레오니아 님의 친구가 아니라는데요."

의아한 듯이 고개를 갸우뚱하는 알리시아에게 아셸도 한순간 의아한 얼굴을 했다. 그러나 곧 표정을 바로 하고 레오니아에게 명령했다.

"레오니아. 우리끼리 이야기를 하고 싶다."

"……예…… 자…… 공주, 안으로……."

아셸은 혼자 실내에 들어선 알리시아에게 자신의 대각선 오른쪽 자리에 앉도록 지시했다. 식사 시중을 드는 자도 없이 방 안에는 완전히 알리시아와 아셸 두 사람뿐이었다.

아셸이 말하는 대로 자리에 앉으면서 주위를 둘러보니 이곳은 반구형 천장을 가진 방이었다. 아마도 손님을 맞이하기 위한 장소인 것 같았다. 의자나 난로 등의 물품이 알리시아가 갇혀 있던 방보다 훨씬 호화로웠다. 그러나 그래도 역시 성직자의 방, 실딘 귀족을 기준으로 생각하면 무척 소박했다.

그것은 식탁 위에 준비된 식사도 마찬가지였다. 청결한 하얀 천이 깔린 탁자 위에 놓인 것은 거무스름한 빵과 치즈, 거기에 감자 수프뿐이었다.

감자는 아즈베르그나 라그라드르처럼 척박한 토지에서도 튼튼하게 뿌리를 내리는 식물이다. 다만 맛도 그저 그래서 손님에게 내놓는 일은 별로 없다.

"어머, 역시 생선이나 조개는 안 드시나 보네요. 여기가 라그라드르라면 싸게 잔뜩 입수할 수 있을 텐데요."

바다를 싫어하는 '날개의 기도'의 가르침을 지키는 자들은 해산물을 결코 입에 대지 않는다. 그러니 그 본거지에서 생선이나 조개가 식사로 나올 리 없었다. 그랬지만 알리시아는 무심코 그렇게 말하고 말았다.

"……너는 생선이나 조개를 먹나?"

예상했던 대로 아셸은 눈썹을 찡그렸다.

"예. 아, 아셸님은 역시 안 드시겠네요. 유감이네요. 정말 맛
있는데……."

아즈베르그는 겨울이면 특히 먹을 것이 부족해 힘들어진다.
그래서 카슈반은 신앙심이 깊은 영민들에게 어떻게 생선을 먹일
수 없을까 획책하고 있다. 그러나 '날개의 기도'의 가르침의 근
간 그 자체인 아셸은 역시 무리겠다 나름대로 생각한 알리시아
는 해산물 먹기를 강요하지 않았다.

"……나는 먹을 수 없지만, 그런가. 너는 먹을 수 있는가. 그
런가……."

감탄한 듯이 혼잣말을 한 아셸은 드디어 자세를 바로 하고 알
리시아를 똑바로 바라보았다.

"나딜이 무례한 짓을 한 것 같아 미안하군."

"……아뇨."

알리시아는 피를 흘리고 있던 루아크의 모습을 떠올리고는 목
멘 소리를 냈다. 그러나 곧 '선생님'의 말을 떠올렸다. ……살아
있다. 괜찮아.

"제가 아니라 루아크가 크게 다쳤습니다만……. 지금 저는
무사해요."

"……그런 것 같군. 미안하다. 나딜은 최근 상당히 앞서 나가
는 행동을 취하는 경향이 있어."

아셸이 씁쓸한 어조로 말을 흘렸다. 그것을 알리시아는 지극히 단순하게 흘려들었다.

"어머, 저를 납치해 온 건 아셸님의 지시가 아니었나요?"

알리시아의 관점에서 본다면 아셸이라 이름을 대는 소녀야말로 교단 대표이자 의사 결정권자였다.

그러나 아셸 본인은 한층 더 짜증 난다는 표정으로 도리질했다. 그 움직임에 따라 짙어진 날개가 사박사박 마른 소리를 냈다.

"아니다. 녀석이 멋대로 한 일이야. 레오니아가 가르쳐줄 때까지 나는 아무것도 몰랐다."

알리시아의 놀란 감정을 읽어낸 아셸의 입가에 자조적인 미소가 떠올랐다.

"……성녀에게는 너나 다른 이들이 생각하는 정도의 권한은 없다."

"음, 그러니까…… 당신이 가짜 성녀라서 그런가요?"

한층 더 단순한 질문에 아셸은 침묵했다. 몇 번인가 입을 열려고 했지만, 그때마다 망설이는 듯이 시선을 떨어뜨렸다.

"……저, 죄송해요. 혹시 진짜신가요……? 그렇다면 회춘하셨군요. 도저히 몇백 년이나 살아오신 것처럼 보이지 않아요……."

카슈반 님과는 거꾸로네요.

그렇게 생각하며 알리시아는 말해보았지만, 아셸은 얼굴을 굳힐 뿐이었다.

무거운 침묵이 얼마나 계속되었을까. 꾸르륵, 알리시아의 배가 힘차게 울렸다.

"아, 어머, 이런 실례를."

"……먹어도 된다."

알리시아의 얼굴이 역시나 빨개졌다. 아셀은 한숨을 쉬며 허가해주었다.

원래부터 배가 고픈 상태였다. 허가만 해준다면야 사양할 필요는 없었다. 알리시아는 재빨리 음식을 먹기 시작했다. 그런 알리시아를 바라보는 아셀의 표정이 아주 부드러워졌다.

"소문 이상으로 별난 영애로군……. 레오니아가 흥미를 보이는 것도 무리는 아니야……."

자신의 식사에는 손도 대지 않은 채 알리시아가 먹는 모습을 지켜보면서 아셀은 중얼거렸다.

"나딜의 행동에는 큰 문제가 있지만…… 그러나 너를 만난 그 자체는 기쁘다. 줄곧…… 만나보고 싶었다."

"우움?"

"……아니, 다 먹고 말해도 된다."

딱딱한 빵을 입안 가득 넣고 우물거리는 알리시아에게 아셀은 쓴웃음을 지었다.

이윽고 수프까지 완전히 다 비우고, 이제야 살 것 같다는 느낌을 받은 알리시아는 '저도 만나고 싶었답니다'라고 미소를 지었다.

"당신이 진짜라면 진짜, 가짜면 가짜로 묻고 싶은 점이 잔뜩…….”

또다시 아셀의 표정이 굳었다.

“아…… 어 그러니까, 죄송합니다. 당신은 진짜.”

“─가짜다.”

뜻을 굳힌 모습으로 아셀이 단언했다.

“나는 전설의 성녀 같은 게 아니다. 교단이 대대로 준비해온 가짜다. 성인이 되면 나는 역할을 끝내고 인간이 되지. 그 뒤에는 새로운 여자아이가 ‘성녀 아셀’이라고 이름을 댈 거다.”

“……어머…….”

새 성녀와 구 성녀가 있다는 말은 들었지만, 구체적인 이야기를 듣는 것은 처음이었다.

깜짝 놀란 알리시아를 보면서 아셀은 이마에 맺힌 식은땀을 훔쳤다. 입안이 마른 듯, 수프를 한 숟가락 떠서 입에 머금었다.

“……다음은 내가 질문해도 될까?”

“에, 아, 예. 하세요.”

묘한 긴장감을 띤 아셀에게 이끌려서 알리시아는 저도 모르게 등줄기를 곧게 폈다.

“너는 레오니아에게 이렇게 말했다더군. 살아 있을 때도 죽은 후에도 아무 불편함 없이 편하게 지낼 수 있으면 좋다고…….”

“아, 예, 그렇게 말했었죠.”

“너는 어떻게 그런 생각을 했지?”

그것이 무척 중요하다는 기세로 묻는 바람에 알리시아는 당황했다.

"어떻게요……? 아니, 그냥."

반사적으로 대답했지만 아셀은 이해하지 못하겠다는 눈치였다.

"너는 일단 명문 지방백의 영애로, 어릴 때부터 '날개의 기도'의 가르침을 받아왔을 터. 그런데 왜…… 그 멍에로부터 그토록 쉽게 벗어날 수 있지?"

바다를 보면서 카슈반도 씁쓸한 얼굴을 했다. 자신도 '날개의 기도'의 가르침을 받으며 자랐다, 그 점을 통감하게 되었다고 말이다.

"우리가 신흥 귀족에게도 사후의 날개를 주겠다고 발표한 일로 지방백의 분노를 산 일은 잘 안다. 그러나…… 귀족의 지위를 보장하는 것 역시 '날개의 기도'의 가르침이다."

몇백 년도 더 전에 그 누구도 신을 믿지 않게 된 시절, 오직 혼자서 겉으로 드러나게 신앙을 관철한 자는 아셀뿐이었다.

그러나 아셀을 몰래 지원하던 사람들도 있었다. 바로 그들이 왕족과 귀족의 선조가 되었다고 전해지고 있었다. 특히 아셀을 숭배했던 엘난드라는 젊은이의 이름은 실딘 왕국의 왕궁이 있는 부근 지명이 되었다.

이처럼 생활 속에 깊이 뿌리내린 가르침을 어떻게 그렇게 천연덕스럽게 부정할 수 있느냐고…… 아셀의 눈은 그렇게 말하고 있었다.

"음, 그러니까 저도 여기 계신 다른 분들처럼 신앙심이 깊은 분들은 정말 훌륭하다고 생각합니다. 하지만 우리 집은 완전히 몰락했고, 또 교단에 만족스럽게 기부금을 못 내자 파견 나와 있던 사교분도 교단으로 돌아가셔서요…….”

알리시아의 부모는 떠나가는 성직자의 뒷모습을 지켜보면서 ‘저런 도움도 안 되는 돈의 망령이 없어져서 오히려 속 시원하다’라고 허세를 부렸다. 알리시아에게도 ‘날개의 기도’의 가르침은 요즘 세상에는 이제 아무 도움이 안 된다고 거듭 말하곤 했다.

그런 주제에 식사 전에 올리는 기도문이나 여행자의 무사를 비는 구절은 자연스럽게 입에 담았다. 알리시아는 부모님을 따라 하면서도 두 분이 ‘날개의 기도’를 믿는지 어떤지 알 수가 없었다.

그러나 실딘 왕국 대부분의 인간에게 ‘날개의 기도’의 가르침은 그런 것이었다. 생활고를 이유로 성당에 얼굴을 내미는 시간도 아까워하면서도 막연하게 더 높은 나라에 가기를 바란다.

“어릴 때부터 가까이하던 가르침이니 저도 ‘날개의 기도’의 가르침을 믿고는 있답니다. 하지만 뭐든 그저 손쉽게 손에 넣는 건 좋지 않아요. 저는 지방백 가문 출신이니, 아마 사후의 날개를 얻을 수 있겠지요. 하지만 제 가족들 몫까지 날개를 모으려고 한다면 꽤 힘들겠죠.”

뚫어질 듯이 알리시아를 보고 있던 아셀의 시선이 탁자 위로 떨어졌다.

“……그렇지. 과거에는 돈으로는 날개를 살 수 없었다. 평민은 그저 오로지 신을 배신한 죄를 갚으며 성녀에게 용서를 구하는 수밖에 없었지."

살아 있는 동안 행한 선행에 따라 사후의 날개의 강함이 결정된다. 태어나면서부터 신을 배신했다는 원죄를 짊어진 이상, 농민은 상위자인 귀족과 왕족에게 열심히 봉사하고 성녀에게 기도해야만 더 높은 나라에 갈 수 있었다.

"내게는 그 옳고 그름을 물을 자격이 없다. 하지만 돈만 지급하면 손에 넣을 수 있는 날개에 무슨 의미가 있지……? 게다가 나딜 녀석은 더 악랄한 방법으로 돈을 벌려고 한다……."

아셀은 탁자에 깔린 천의 끄트머리를 꽉 쥐면서 분한 얼굴을 했다.

가제트 후작님도 그런 말씀을 하셨죠. 알리시아는 그 사실을 기억해냈다.

"그러고 보니 나딜 님은 더 높은 나라에도 지위가 있다고 말씀하고 계신다던가요."

"그런 것까지 아는가?!"

헉, 하고 얼굴을 든 아셀이 큰 소리를 냈다.

"알리시아 너는…… 아니, 네 남편이 입수한 정보인가? 과연…… 나딜이 위험하다고 여기는 것도 당연하군……."

정보를 정리하려는지 아셀은 미간에 주름을 모으며 침묵했다.

한 그릇 더 먹을 수 있을까요. 그렇게 생각하며 알리시아가 아셀이 손도 대지 않은 식사에 시선을 보낸 순간이었다. 복도가 갑자기 소란스러워졌다.

문을 지키는 병사가 제지하는 목소리도 뿌리치고 문이 난폭하게 열렸다.

　무슨 일인가 해서 뒤를 돌아본 알리시아의 눈에 비친 것은 새하얀 머리카락을 길게 기른 노파였다. 꽤 서둘러 달려왔는지, 하얀 법의를 입은 가슴에 매달린 날개의 문장과 성녀 아셀의 얼굴 조각이 아직도 흔들리고 있었다.

　"이 아이가 예의 사신 공주입니까?"

　깊은 주름에 둘러싸인 푸른 눈동자가 날카롭게 알리시아를 쏘아보았다.

　"아, 예. 알리시아 라이센이라고 합니다."

　알리시아는 일단 예의 바르게 이름을 댔다. 그러나 숨이 약간 흐트러진 노파는 자신의 이름을 말해주지 않았다. 대신 아셀이 침착한 목소리를 냈다.

　"솔라스카. 알리시아를 데려온 건 나딜이다. 아마도 내 마음을 헤아려주었겠지. 녀석도 때로는 눈치 빠른 짓을 하는군."

　이분이 무섭고 무서운 솔라스카 님. 그렇게 생각하며 알리시아는 물끄러미 노파를 바라보았다.

　'날개의 기도' 교단 제2계제 고위에 있는 급진파의 최선봉. 아즈베르그 지방을 불로 정화하는 일조차 꾸몄다던 광신도.

　"제게 상의도 없이 어리석은 짓을……."

　그 중얼거림에는 알리시아조차도 등골이 오싹해질 정도로 차가운 증오가 담겨 있었다.

"……아셸님께 폐를 끼친 점, 정말로 실례했습니다. 바로 독방으로 데려가지요."

"내 손님이다."

자신이 데려온 신자에게 눈짓을 보내는 솔라스카를 아셸이 가로막았다. 솔라스카의 눈꼬리가 치켜 올라갔다.

"무슨 바보 같은."

"바보 같다? 솔라스카. 나는 누구더냐?"

이 기묘한 질문에 알리시아는 고개를 갸우뚱했다. 그러나 두 사람에게는 중대한 질문 같았다.

"……아셸님이십니다."

솔라스카의 기세가 꺾였다. 그러나 그만큼 안에 품은 분노가 뿌리 깊게, 음습한 불꽃이 되어 눈동자 속에서 불타올랐다.

"그렇다. 성녀 아셸의 손님에게 너희가 손을 대는 것이 허락될 줄 알았더냐?"

아셸은 살짝 몸을 내밀며 위압적으로 명령했다.

"……알았습니다."

솔라스카가 무겁게 고개를 끄덕였다. 눈동자 저 깊은 곳에서 타오르던 불꽃을 한층 더 맹렬하게 불태우면서.

"그 말에 따르지요. 당신이 성녀 아셸이므로. ……지금은."

가볍게 턱을 들어 올린 솔라스카는 수하로 보이는 신자들을 데리고 순식간에 방에서 나가버렸다.

문이 닫히고 실내에는 다시 알리시아와 아셸 두 사람만이 남았다.

"지금 그분이 솔라스카 님이신가요? 분명히 무척 엄격한 분인 것 같네요."

세이그람과 좀 닮았어요. 알리시아는 본인에게 말한다면 채찍으로 얻어맞을 법한 감상을 품었다.

"여성의 몸으로 제2계제가 되다니 대단하시네요. 저분도 무척 좋은 집안 출신이신가 보죠?"

지금까지 알리시아가 본 성직자 중, 각지에 있는 성당의 책임자가 될 수 있는 제5계제 이상인 여자는 없었다.

그런데 제2계제. 그것도 급진파의 대표격이라면 어떤 집안 출신일까?

"……그것까지 아는가?"

"예. 조금 전에 레오니아 님께 들었답니다. 아, 혹시 어느 나라의 왕녀시라든가 그런가요?"

실딘 왕국에 왕녀는 에르티나밖에 없다. 그러나 '날개의 기도' 교단은 실딘 이외의 나라에도 영향력을 끼치고 있다. 서쪽의 크루세쥬는 성직자를 정치 무대에서 쫓아냈을 정도니 그곳은 아닐 테지만, 그 외에 타국의 왕녀라면 가능성이 있다.

"……신선한 발상이지만, 아니다. 솔라스카는 선선대 성녀다."

웃어야 할까. 아셸은 어떻게 해야 좋을지 판단을 내리지 못하는 모습을 보이면서 가르쳐주었다.

"어머, 그러신가요. 그럼 아셸님도 인간이 된 후에는 성직자가 되시나요?"

"……보통은 아니다. 성녀 자리에서 내려온 소녀는 교단 내 유력자와 결혼하고 상대 남자는 제1계제로 올라가지."

아셸의 표정에 희미하게 우울함이 드리워졌다.

"그 후에는 그저 이곳에서 조용히 살아갈 뿐이다. ……그러나 솔라스카는 그런 삶을 거부하고 성직자가 되었지."

"어머, 그럼 지금 아셸님도 언젠가 누군가와 결혼하시겠네요?"

알리시아 자신도 두 번이나 결혼한 몸이었기에 아무렇지도 않게 말했다. 그러나 그 말을 들은 아셸의 얼굴이 살짝 험악해졌다.

"……너는……."

그 급격한 반응에 알리시아는 급히 사죄했다.

"죄, 죄송합니다. 주제넘는 말을 묻고 말았습니다."

우쭐해져서 너무 질문해댔다. 카슈반 님에게도 너무 노력하지 말라는 말을 들었는데……. 알리시아가 그렇게 반성하고 있으려니 아셸은 표정을 바로 하고 입을 열었다.

"너는 이 장소를 알아버렸다. 그런 이상 교단은…… 솔라스카는 절대로 너를 놔주지 않을 거다. ……혹은 완전히 우리의 가르침으로 물들여서 이곳에서의 일을 밖에서 흘리지 않도록 하든가."

"어? 음 그러니까, 그건 좀 곤란한데요."

지금도 막 카슈반을 떠올렸는데 '놔주지 않겠다'는 말을 들으면 곤란하다. 유란이 티르에게 한 것처럼 불로 지지거나 손발을 부러뜨리면서 실시하는 '재교육'은 더더욱 곤란했다.

그러나 나딜은 뭔가 착각을 하는 것 같았지만, 카슈반은 설마하니 라그라드르에 '날개의 기도' 교단의 본거지가 있으리라고 생각하지 않을 것이다. ……루아크도 그런 상처를 입었으니 미행할 수 있었다고 생각하기 힘들었다.

―다시는 만날 수 없나.

저도 모르게 등줄기가 서늘해져서 알리시아가 몸을 꿈틀거리려니 아셀이 격려해주었다.

"걱정하지 마라. 그렇게 놔두지는 않겠다. 언젠가 어떻게 해서든 너를 가족의 품으로 무사히 되돌려 보내줄 방법을 찾겠다."

당대 성녀다운 기개 넘치는 발언에 약간 주저하는 듯한 부탁이 뒤를 이었다.

"그러나…… 그때까지는 내 손님으로 있어 주길 바란다. 나와 만나서 이야기를 해줬으면 해."

"네?"

조금 전 아셀을 화나게 했던 일도 있어서 알리시아는 저도 모르게 되묻고 말았다. 아셀은 한층 더 목소리의 톤을 떨어뜨렸다.

"너와 이야기를 하고 있으면 사고방식이 새로워지는 기분이 든다. ……부탁한다."

"예에, 물론이죠."

알리시아는 과거를 돌아보지 않는다는 주의였다. 본인이 이렇게 말씀신다면야. 그렇게 생각해서 생긋 웃으며 대답하자 아셀도 수줍은 듯이 웃었다.

이렇게 알리시아는 성녀의 손님으로서 '날개의 기도' 본거지에 맞아들여졌다.

아셀은 알리시아와 같은 방에서 지내기를 희망했지만, 역시 그 바람은 이루어지지 않았다. 두 사람은 자고 일어나는 것은 각자 다른 방에서 했다.

하지만 알리시아는 눈을 뜨면 아셀의 방으로 안내되어, 아셀이 한가할 때는 식사를 같이하거나 여러 가지 이야기를 했다.

원래부터 아셀의 하는 일이라고는 본거지 내에서 매일 아침저녁으로 기도가 열릴 때 대성당에 가서 신자들과 함께 기도하는 것뿐이었다. 그 외 다른 시간은 대개 방에서 보냈다. 그러나 오늘은 상황이 좀 달랐다.

"오늘 아셀님은 바쁘시네요."

만난 지 이틀째 되는 날 점심때. 준비된 점심을 먼저 싹 비운 알리시아는 겨우 돌아온 아셀에게 그렇게 말했다.

원래 점심을 함께하기로 했다. 그런데 그 직전에 성녀에게 손님이 찾아왔다. 상대가 누구인지 자세히 듣지 못했지만, 어느 나라의 귀족으로 '날개의 기도'의 독실한 신자라고 했다.

"……기부금을 잔뜩 낸 사람이라는 것 같다."

작은 목소리로 대답하면서 아셸은 알리시아의 맞은편에 앉았다.

정말로 신앙심이 깊거나 혹은 거액을 기부하면 성녀와 만날 수 있다고 카슈반도 말했었다. 그런데 성녀 본인은 한없이 우울한 것 같았다. 검소한 점심에 손을 대는 기색도 없이 그 눈은 멍하니 창밖에 펼쳐진 바다를 보고 있었다.

알리시아는 밖에 나갈 수 없었기 때문에 전모를 알 수는 없었지만, '날개의 기도' 교단 본거지는 2층 건물로 높은 절벽 위에 지어져 있는 것 같았다. 또 어디를 가든 짠 바닷물 냄새가 났다. 그중에서도 성녀를 위해 준비한 이 방은 한층 더 바다에 가까웠다.

'날개의 기도'의 가르침은 바다를 두려워한다. 그런데 어째서 본거지는 이곳에 있을까. 그 점이 이상해서 알리시아가 질문하자 아셸은 '이곳이 과거, 아셸이 스스로 바다에 뛰어들었던 장소라고 말하기 때문이다'라고 가르쳐주었다.

"밖에 나가고 싶은가?"

알리시아가 무의식중에 창밖의, 전설이 태어난 절벽을 눈으로 더듬고 있으려니 그 마음을 읽은 것처럼 아셸이 말을 꺼냈다.

"에, 하지만 괜찮은가요? 솔라스카 님이나 나딜 님께서 화내지 않으실까요?"

솔라스카와 나딜은 첫날 이후 모습을 나타내지 않았다. 그러나 아셸은 두 사람이 알리시아 및 라이센 가에 어떻게 대응할지를 둘러싸고 격렬하게 언쟁하는 모습을 보았다고 말했다. 그런

두 사람의 견해는 우선 알리시아를 연금 상태에 둔다는 점에서
는 일치한다고도 알려주었다.

"가자. 어차피 이 건너편은 바로 절벽이다. 도망칠 수 있는 장
소가 아니야."

아셸은 자리에서 일어나 문밖에 있는 위병에게도 알리시아에
게 했던 설명을 똑같이 반복함으로써 억지로 허가를 받아냈다.

절벽 건너편에서 바닷바람이 다렌 시가지에서 멀지 않은 해안
을 걸었을 때보다 더 빠르게 불어왔다. 마른 대지에 듬성듬성 자
란 풀도 바람의 기세에 눌려 마치 처음부터 그랬던 것처럼 일정
방향을 향해 지면에 드러누워 있었다.

"바람이 엄청나네요……!"

너무 강한 바람에 알리시아는 살짝 비틀거렸다. 그러나 알리
시아보다 더 큰 바람의 저항을 받을 것 같은 아셸은 태연한 얼굴
로 슥슥 나아갔다. 미묘하게 몸을 숙여서 끼익끼익 울리는 가짜
날개에 정면으로 바람을 받지 않으면서 알리시아에게 손을 빌려
주는 여유까지 보였다.

"오늘은 바람이 한층 더 강하군. 괜찮은가? 조심해라. 떨어지
면 밑은 바로 바다다."

너무 강한 바람에 안경까지 비뚤어져서 알리시아는 도중부터
는 손의 감촉만을 의지해 걸어야 했다. 그러다가 자리에 멈춰 서
서 비뚤어진 안경을 어떻게든 겨우 고쳐 썼다.

눈 앞에 펼쳐진 것은 깎아지른 절벽과 한없이 펼쳐진 거친 바다였다.

'날개의 기도' 신자든 아니든 본능적으로 위기감을 느낄 풍경이었다. 그러나 알리시아는 달랐다.

"……어머…… 이곳이 아셸님이 뛰어내린 장소!!"

"앗!! 바보, 이봐! 위험해!!"

흥분해 몸을 내민 알리시아의 손목을 아셸이 당황해서 붙잡았다.

뒤로 끌어당겨진 알리시아는 절벽 밑의 풍경을 내려다보았다. 높이가 상당하다는 점에 더해 안경을 써도 시력이 의심스러운 몸으로는 자세히 설명할 수는 없었지만, 절벽에 거친 파도가 부딪쳤다가 격렬하게 사방으로 흩어지는 것도 보였다.

"아, 죄송합니다. 하지만 정말로 높네요……!! 아셸님처럼 날개가 없다면 단번에 더 높은 나라로 갈 것 같아요……!!"

공포를 느꼈지만 알리시아는 그 사실 자체에 기뻐했다. 그런데 아셸은 그런 알리시아의 중얼거림을 살짝 부정했다.

"……그렇지도 않다. 몇 명인가는 살아 있어. 나도 그중 한 사람이다."

"네? 여기서 떨어진 적이 있으신가요?"

알리시아가 놀라서 되묻자 아셸은 먼 곳을 바라보는 눈을 하고는 고개를 끄덕였다.

"떨어졌다기보다는 떨어뜨려졌다. ……성녀 아셸을 뽑을 때, 몸에 추를 단 후보자를 모아 이 절벽에서 떨어뜨린 뒤, 가장 오래 떠 있던 자를 선발한다. 성직에 어울리는 자는 물에 가라앉지 않는다, 그것이 교단의 가르침이니까."

"……어머……."

그럼 솔라스카 님도 이곳에서 떨어뜨려지셨겠네요……. 알리시아가 한층 호기심을 발동시키려는 찰나.

"……너는 라이센 강공작이라는 자와 결혼해서 어떤가?"

아셀은 바람에 묻혀버릴 것 같은 목소리로 갑자기 물었다.

"네? 어떠…… 냐고 말씀하셔도."

"즐거운가?"

한층 진지한 표정이 된 아셀은 알리시아보다 조금이나마 키가 컸다. 자연스럽게 아셀을 올려다보게 된 알리시아는 부끄러워져서 바로 고개를 숙였다.

"아, 예……. 무척, 즐겁습니다……."

알리시아로서는 카슈반과 결혼한 이후로 즐겁기만 했다.

특히 올해에는 즐거운 정도가 강해졌다. 시선을 교환하고 서로 미소 지으며, 손을 맞잡고 입을 맞춘다. 그 행동이 전부 다 '배가 아파서' 참을 수가 없다.

……만나고 싶다.

끊임없이 일어난 일 때문에 의식에서 내몰렸던 감정이 갑자기 강해졌다.

하지만 만날 수 없는 날은 당분간 계속될 것 같았다. 알리시아는 점점 침울해졌다. 그런 알리시아에게 아셀이 한층 더 질문을 던졌다.

"얼굴도 본 적 없는 남자와 결혼하는 것은…… 싫지 않았나?"

"아뇨. 어차피 처음에 결혼했던 분도 그랬고, 부사시라고 들었거든요."

아무렇지도 않게 대답하자 아셀의 표정이 점차 더 굳어졌다.

"……그런가. 나는 성격도 얼굴도 잘 아는 자와 결혼할 것 같다만…… 그래서 싫은가."

"어머, 어느 분과, 아뇨, 읍."

무심코 질문을 한 알리시아는 입을 막았다. 며칠 전 결혼에 관해 질문했다가 아셀을 화나게 했던 일을 떠올린 것이다.

그러나 오늘 아셀은 그 이야기를 할 생각이었던 모양이다. 화 내지 않고 대답해주었다.

"이대로라면 나딜과 결혼하게 되겠지. 유란은 죽었으니까."

"어머…… 유란 님도 신랑 후보였요?"

'천벌'로 사망한 유란. 티르나드의 전 후견인이자, 교단이 다루기 쉬운 도련님으로 소중하게 키워온 남자.

"그러고 보니 그분도 제3계제 이상인 고위 성직자이셨죠……. 그럼 역시 좋은 가문 출신이신가요?"

성녀나 왕녀는 아니겠죠, 그렇게 생각하면서 알리시아는 질문했다. 그 말에 아셀은 약간 의외라는 얼굴을 했다.

"그건 모르나? 유란은 스탕발 재상가 출신이다."

"앗…… 어머, 그럼 이달 스탕발 님의?!"

알리시아는 얼빠진 큰 소리를 냈다.

"아아, 그래. 아들인가 보더군."

실딘 왕가를 지탱하는 재상 일족. 유란이 그 혈족이라니 놀라운 사실이었다.

카슈반 님은 알고 계실까요, 그렇게 생각하면서 알리시아는 아까 전 했던 질문으로 되돌아갔다.

"아셸님은 나딜 님과 결혼하는 것이 싫으신가요?"

"……싫다."

아셸은 솔직하게 대답했다.

"어머, 하지만 상당한 미남이시던데요."

전에 루아크인지 누구인지가 했던 말을 자기 의견처럼 말해보았다. 그러나 아셸은 다시 한번 '그래도 싫다'라고 반복했다.

"아름다운 남자이기는 하지. 하지만 자신도 그것을 알고 이용하는 점이 싫다. ……교단에 들어오는 여자에게는 닥치는 대로 손을 대고, 그렇게 손을 댄 여자를 이용한다."

전에 류크도 그런 말을 한 적이 있다. 귀여운 아이는 전부 나딜 님에게로 가버린다고.

"그 녀석에게 '날개의 기도'의 가르침은 수단에 지나지 않는다. 전부터 변변한 인사는 아니었지만 최근에는 나와 결혼할 수 있을 거라 생각하고 한층 기고만장해졌어. 멋대로 더 높은 나라에 지위가 있다 어쩐다 하는 얘기를 만들어내, 귀족의 불안을 부채질해서 추악한 장사를 하려는 녀석과는 결혼하고 싶지 않아."

하고 싶은 말이 많이 쌓였던 것일까, 평상시에는 냉정한 아셸 치고는 어조가 거칠었다.

알리시아는 이전부터 나딜 님은 참 괜찮은 일을 잘 생각해낸 다고 생각했었다. 그러나 전에 카슈반도 화를 냈었다는 사실을 떠올리고 일단은 잠자코 있었다.

"무엇보다 현재 교단의 방식으로는 성녀는 단순한 장식에 지나지 않는다. 평소에는 거드름을 피우며 모습을 감추고 있다가 신앙심이 강한 사람이나 많은 돈을 낸 상대 앞에만 나타나지. 정작 중요한 교단 운영은 제1계제와 교단 총회가 장악하고 있다. 나는 그게 싫다. ……그 점만큼은 솔라스카의 의견에 찬성이다."

아셀이 한바탕 분노를 토해냈다. 그런데 알리시아는 아셀이 한 말의 일부에 의문을 느꼈다.

"어머, 교단 운영은 제1계제에 있는 분이 쥐고 계시는가요? 그럼 그분도 나딜 님의 생각에 찬성하고 계시겠네요."

성녀와의 혼인으로 얻어진다는 제1계제. 지금까지 나눈 대화에서는 그 지위에 있는 남자의 이름이 한 번도 나오지 않았다. 그러나 그도 찬동하고 있다면 나딜이 이 장사에 더욱 심혈을 기울일 수 있으리라.

그러나 아셀은 한숨을 쉬며 고개를 저었다.

"……노틀레 님은 교단의 장래 같은 건 아무래도 좋다고 여기고 계신다. 그분이 흥미를 갖는 것은 여자 놀음뿐이야. 어떤 의미로는 나딜보다 무해하지. 하지만 그분의 무관심 덕에 제2계제 녀석들은 자기들 하고 싶은 대로 굴고 있다."

노골적으로 경멸을 드러내며 유일한 제1계제의 남자 이름을 부른 후 아셸은 입가를 일그러뜨렸다.

"……무엇보다 노틀레 님을 그렇게 타락시킨 것도 나딜이라는 소문이 있다. 자신이 길들인 여자를 차례대로 그분 침소로 보냈다던가."

"어머, 나딜 님은 그런 일을 하고 계셨군요. 분명히 많은 여자에게 원망을 사셨겠네요……."

알리시아가 좋아하는 책대로라면 나딜은 슬슬 생령이나 사령에게 복수를 당할 것이다. 그런데 이 책에서는 연애와 관련된 원한은 대개 하반신 어딘가에 이변이 생기곤 했다. 이에 관해 알리시아는 왜 그럴까요? 라며 잠시 주제에서 벗어난 생각을 했다.

그러고 있노라니 아셸이 말을 이었다.

"이제 알았겠지. 적어도 지금의 '날개의 기도' 교단에서 성녀의 역할은 단순한 상징. 아무것도 모르는 신자들의 시중을 받으면서 아무것도 하지 못하고 이곳에 갇혀 있다."

자신의 무력함을 한탄하는 아셸의 목소리는 고충에 가득 차 있었다. 알리시아는 아셸의 힘을 북돋아 줄 생각으로 말했다.

"하지만 거의 일을 하지 않는데도 다들 숭배하고, 그것으로 의식주를 해결할 수 있다니 멋진걸요."

앞서 말한 대로 성녀의 일이란 본거지 내에서 열리는 아침, 저녁 기도에 참석하는 것과 돌발적으로 찾아오는 독실한 신자를 면회하는 일뿐이었다. 그 외에는 불평은커녕 잡담 한마디 입에 올리지 않는 신자들이 잡무를 전부 처리해준다.

그거 꽤 좋지 않나요. 알리시아는 소박하게 그렇게 생각했다.

그런데 아셸은 무척 충격을 받은 얼굴을 했다.

"……너는, 정말로, 대단하군……."

아셸의 눈꼬리가 살짝 경련했다. 그러나 그것은 금방 가라앉았다. 아셸은 조용히 얼굴을 숙였다.

"그런가, 그렇군. 나는 분명히 축복받았다. ……그렇기에 성녀의 이름에 걸맞은 행동을 해야 한다……."

아셸이 진지한 독백을 늘어놓았다. 그런 아셸에게 알리시아는 다른 대안을 내놓았다.

"저, 나딜 님이 싫으시다면 레오니아 님은 어떠신가요?"

"레오니아?"

내심 놀랐다는 기색으로 아셸은 그 이름을 반복했다.

"마음에 들어 하신다고 들었습니다만…… 아닌가요?"

"……뭐, 마음에 들긴 하지만, 아무리 그래도 아니다. 녀석은 제5계제야. 나와 결혼하기에는 계제가 너무 낮아."

그 일은 생각해본 적도 없는지 아셸은 애매하게 중얼거리고는 화제를 바꾸었다.

"예의 그 건에 대해서는 레오니아가 방법을 찾고 있다. 그 녀석은 그렇게 보여도 꽤 우수하…… 다고 생각한다. 의욕도…… 아마, 있을 거야. 평소와 비교한다면 비교적 제대로 일어나서 활동하고 있을…… 거…… 다."

겉으로 보이는 모습과 어조에서 의욕이 느껴지지 않는다는 점은 아셸도 인정하는 것 같았다. 단정을 피한 결과, 아셸의 어조는 레오니아와 똑같아졌다.

"……미안하군. 내게는 그런 일을 부탁할 만한 사람이 많지 않다."

아셀이 쓸쓸한 얼굴로 사과하자, 알리시아는 당치도 않다며 고개를 저었다.

"신경 쓰지 마세요. 그…… 하지만 레오니아 님은 급진파 분이시잖아요? 신용해도 괜찮은가요?"

레오니아는 이전에는 급진파의 첩자로 온건파에 숨어들어 유란에게 '천벌'을 내린 무기를 만들었다. 아셀과는 사이가 좋아 보였지만 알리시아를 놔주는 일은 급진파에 활을 겨누는 일이 아닌가.

"……그건 솔직히 나도 잘 모른다. 하지만 레오니아는 널 마음에 들어 하는 것 같다. 공주를 놔주자고 내게 이야기를 한 것도 그 녀석이었으니까."

레오니아는 아셀에게 알리시아를 데려왔을 뿐만 아니라 그런 일까지 진언한 것 같았다.

"나딜과 솔라스카가 뭔가를 꾸몄을 가능성도 있다. 하지만 그런 것치고는 지나치게 빙 돌아가는 수법을 쓰고 있다. 원래부터 레오니아 자신도 편하게 먹고살려고 교단에 들어온 녀석이다. 급진파에 몸을 두는 것도 대세를 거스르기 귀찮아서라고 말하지. 그렇긴 한데……."

단언할 수 없어 미안하다. 아셀은 그렇게 말을 매듭지었다. 알리시아는 다시 고개를 저었다.

"그 외에 신용할 수 있는 분이 안 계신다면 우선 믿어보는 수

밖에 없죠. 게다가 카슈반 님 도 저를 찾고 계실 거예요."

"……설령 있는 곳을 알았다고 해도 섣불리 숨어들었다가는 우리와 전면전을 벌이게 된다. 네 남편은 머리가 좋다고 들었지만 경솔한 행동을 했다가는……."

표정이 심각해진 아셸이 문득 얼굴을 들었다.

"랄—라, 라—, 랄라라—."

어린아이처럼 천진난만하고 즐거운 노랫소리에 알리시아도 뒤를 돌아보았다. 그러자 그곳에는 시녀로 보이는 여자들을 대동한 금발의 여자가 서 있었다.

백발이 섞이기 시작한 머리카락이나 탄력을 잃어버린 피부를 볼 때 나이는 30대에서 40대 정도로 보였다. 그러나 그 눈에 떠올라 있는 웃음은 어린아이처럼 순수했고, 발걸음은 술주정뱅이 혹은 춤을 추는 어린아이 같았다.

"파시아 님……."

아셸이 작게 여자를 불렀다.

"파시아 님, 안 됩니다. 저희와 돌아가세요!"

파시아의 시녀들도 아셸과 알리시아를 알아차렸다. 당황해서 주인의 팔을 잡아끌며 되돌아가려고 했지만 그보다 먼저 파시아의 눈이 두 사람을 포착했다.

"위험해!"

즐거운 노랫소리가 절규로 바뀌었다.

파시아가 갑자기 성난 기색을 드러내며 알리시아에게 가까이 다가와 손을 잡았다. 알리시아는 깜짝 놀랐다.

"저, 파시아 님이라고 하시나요? 저는 알리시아 라이……."

"위험해, 위험해, 위험해!!"

알리시아의 예의 바른 인사는 이번에도 무시당했다.

아셀도 팔을 붙잡혀서 두 사람 모두 엄청난 힘으로 절벽 안쪽으로 끌려갔다.

만족할 만큼 절벽에서 떨어져서일까, 파시아는 알리시아와 아셀에게서 손을 떼더니 어린아이 같은 미소를 되찾고 물었다.

"어머, 당신 누우구?"

"아, 음 그러니까, 알리시아 라이센이라고 합니다."

이상하다고 생각했지만 질문을 받았기 때문에 알리시아는 다시 한번 이름을 댔다. 옆에 있는 아셀은 그 모습을 마른침을 삼키며 지켜보았다.

"알리시아? 알리시아구나! 나 파시아!"

"파시아님이시군요. 안녕하세요."

"안녕!"

뭐가 그렇게 기쁜지 파시아가 꺄꺄 기분 좋게 웃으면서 알리시아의 손을 잡았다.

"놀자!!"

"아, 예. 아, 그럼 아셀님도."

알리시아가 그렇게 말한 것은 함께 있기 때문이라는 지극히 단순한 이유에서였다. 그러나 이름을 불린 아셀은 깜짝 놀란 얼굴을 했고, 파시아도 고개를 살짝 갸우뚱했다.

"지금 아셀, 놀아주는 거야?"

반짝반짝 눈을 빛내며 파시아가 물었다. 순수하고 깨끗한, 속세에서 완전히 벗어난 눈.

"……아, 아니, 나는……."

낭패스러운 모습을 보이는 것도 잠시, 아셸의 입가에 천천히 쓴웃음이 퍼져 나갔다.

"……같이 놀까요? 파시아 님."

그 말을 듣고 파시아의 눈이 한층 더 반짝거렸다.

"기뻐! 그럼 다 같이 술래잡기하자!!"

"어머, 그거 재미있겠네요."

시녀들은 얼굴을 마주 보았지만 즐거워진 알리시아는 맞장구를 쳤다. 파시아가 어떤 사람인지 잘 몰랐다. 그러나 적어도 자신에게 적의는 없어 보였다. 그리고 또 술래잡기는 재미있다.

"……그런가. 함께 놀아드리면 되는 거였나……? 그저 가련하다고 생각할 뿐만이 아니라……."

뭔가 중요한 점을 알아차렸다는 표정으로 아셸이 혼잣말을 했다.

"아셸 님?"

알리시아가 의아한 듯이 묻자 아셸은 온화하게 미소를 지었다.

"아니, 됐다. ……너는 정말 재미있는 아이로군, 알리시아. 사람에 따라서는 죽고 싶을 정도로 화가 날 테지만."

뭔가를 곰곰이 생각하는 얼굴에는 조용한 결의가 가득 차 있었다.

"나도 머뭇거리며 고민할 시간이 있다면 행동을 해야 한다는 사실을 깨달았다."

우선은 술래잡기를 할까, 아셀은 그렇게 말하며 다시 한번 웃었다.

[제4장] 하늘을 향해

낮부터 촛대의 불이 흔들렸다. 문이란 문은 꼭꼭 닫힌 어슴푸레한 방 안에서 환성이 일었다.

"알리시아, 알리시아 봐봐! 다 됐어!!"

"어머, 정말 잘하시네요, 파시아 님."

침대 위에서 열심히 작업하던 파시아가 자랑스럽게 결과물을 내놓았다. 그것을 보고 알리시아는 미소를 지었다.

남은 천을 둥그렇게 말아서 만든 공에 '날개의 기도' 교단 본거지에 듬성듬성 자생하는 작은 꽃이나 아름답게 닦인 돌이 붙어 있었다. 아즈베르그에서 축제가 열릴 때마다 아가씨들이 만드는 둥그런 장식품 흉내를 낸 것이다.

"저도 다 됐답니다. 자요."

그렇게 말하면서 알리시아도 손을 내밀었다. 그 위에 놓인 물건을 보고 파시아가 눈을 반짝였다.

"와아, 알리시아, 잘한다! 이게 돼지의 두개골?"

"예. 여기 돌이 눈, 여기가 코예요."

"이 꽃은?"

"아아, 이 돼지는 여자랍니다."

"그러니까 장식을 하고 있구나!"

"아뇨, 그곳은 이 돼지의 급소예요. 이곳을 노리면 난 바로 함락될 거예요! 라고 말하면서 남자를 유혹하는 거죠."

제다에게 배운 것이지만 이 내용이 맞겠죠, 그렇게 생각하며 알리시아는 설명했다.

파시아와 처음 만난 날 이후로 파시아는 묘하게 알리시아를 잘 따랐다. 아셀이 말을 해주기도 해서 알리시아는 최근에는 거의 파시아의 방에서 지내고 있었다. ……자신이 아닌 다른 자가 성녀가 되었다고 질투한 솔라스카에게 음습한 괴롭힘을 당한 끝에 바다에 떠밀리고, 이후 정신이 어린아이로 되돌아가 버렸다.

성녀가 될 때도 그 절벽에서 한 번 떨어졌을 것이다. 그러나 성녀 선발을 위한 의식과 살해를 목적으로 한 행동은 크게 다르다. 목숨은 건졌지만 30대 중반일 터인 파시아는 알리시아보다 어린아이 같은 행동으로 자신을 지키고 있었다.

물론 사안이 사안인 만큼 이 일에는 함구령이 내려져 있다, 너도 공공연하게 이야기해서는 안 된다. 아셀은 그런 말을 덧붙이며 알리시아에게 사정을 가르쳐주었다. 그러나 교단 내에서는 이 일을 암묵적으로 받아들이는 것 같았다. 솔라스카가 성녀 자리에서 내려온 뒤, 성직자로서 권세를 떨치는 것도 그 일에 기인하고 있다던가.

"알리시아, 이제 숨바꼭질하자!"

"예, 좋아요. 어머, 밖으로 나가시나요?"

좁은 실내에서는 숨바꼭질할 공간에 한계가 있다고 보아서일까, 파시아는 출입문으로 향했다. 그곳에는 파시아의 전속 시녀

두 명이 서 있었다. 시녀들은 갑작스러운 파시아의 행동에 곤혹스러운 얼굴을 했다.

"파시아 님, 저…… 밖에 나가시는 건, 좀……."

"숨바꼭질하고 싶어!!"

떼를 쓰는 파시아는 태도는 어린아이라도 몸은 어른이었다. 게다가 아이들이 으레 그렇듯이 가차 없이 힘을 발휘할 때가 있어서 시녀들은 파시아를 당해내지 못했다.

"파시아 님, 이분들을 곤란하게 해서는 안 돼요. 좀 더 재미있는 급소 얘기를 해드릴 테니까요."

"싫어! 숨바꼭질할 거야!! 알리시아랑 할 거야!!"

알리시아의 타협안도 거부하고 파시아는 한층 더 밖으로 나가려고 했다. 시녀들은 파시아에게 위해를 입혀서는 안 된다는 말을 들은 모양이었다. 파시아를 억지로 말리지도 못하고 머뭇거리기만 할 뿐이었다.

그러는 사이, 파시아가 빈틈을 찔러 문밖으로 나가버렸다.

"파시아 님?!"

"나 숨을 테니까! 알리시아, 열을 센 다음에 시작해!!"

멋대로 그렇게 선언하고 선대 성녀는 법의를 펄럭이며 달려나갔다. 시녀들은 어쩔 줄 몰라 하며 그런 파시아의 뒷모습을 지켜보았다. ……그리고 사뭇 면목이 없다는 얼굴로 알리시아에게 부탁했다.

"저…… 알리시아 님, 죄송합니다. 파시아 님을 부탁드려도 될까요? 저희가 하는 말은 좀처럼 듣지 않으셔서……."

요 며칠간 완전히 익숙해진 대사에 알리시아는 웃으면서 고개를 끄덕였다.

"아셸님이 오시면 숨바꼭질을 하고 있다고 전해주세요."

알리시아는 그렇게만 말하고 파시아를 쫓아서 방을 나섰다.

처음에 아셸은 알리시아를 떼어놓고 싶어 하지 않았다. 그런데 최근에는 묘하게 바쁜 모양인지 식사도 함께할 수 없는 때도 많았다. 그래도 때때로 이 방에 찾아와 느긋하게 놀고 있는 알리시아와 파시아를 훈훈한 얼굴로 지켜보았고, 때로는 놀이에 참여하기도 했다.

탈출에 대해서는 아직 좋은 소식을 듣지 못했지만, 초조해해도 소용없었다.

숨바꼭질을 하는 김에 이곳 구조를 파악할 수 있겠네요. 그렇게 생각하며 알리시아는 파시아를 찾기 시작했다.

알리시아는 비슷한 문이 일정한 간격으로 배치된 복도를 좌우를 둘러보며 걸었다.

파시아가 아직도 바다를 무서워하고 있어서 파시아의 방은 창이 전부 막혀 있었다. 그러나 한 발만 밖으로 나오면 이 건물에서는 어디에서든 반드시 바닷바람이 불어왔다.

"파시아 님은 어디로 가셨을까요……."

이미 모습은 보이지 않았지만 파시아가 갈 수 있는 곳은 한정되어 있다. 왜냐면 파시아와 아셸의 방이 있는 곳은 '날개의 기도' 교단 본거지의 2층 끄트머리, 통칭 '성녀 구역'이라고 불리는 한 귀퉁이였기 때문이다.

그곳은 현재 성녀인 아셸이나 과거의 성녀, 혹은 성녀의 시중을 드는 여성 신자들만이 드나들 수 있는 장소였다. 다른 구역과의 경계에는 다부진 경비병들이 서 있어서, 파시아는 물론 알리시아도 '성녀 구역' 밖으로는 나갈 수 없었다.

성녀 아셸이 뛰어내렸다는 바다에 접한 절벽 방면으로는 갈 수 있지만, 파시아는 혼자서 바다에 가까이 갈 수 없다. 그렇다면 건물 어딘가에 숨어 있을 터.

"파시아 님, 파시아 님—. 어디 계세요? 다 보인답니다아—."

숨바꼭질을 할 때는 꼭 하는 단골 대사를 외치면서 알리시아는 아무도 없는 복도를 걸었다. '성녀 구역'은 넓은 반면에 들어올 수 있는 사람이 적었다. 그래서 걸어도 걸어도 누구와도 만날 수 없었다.

"파시아 님. 우후후. 잡히면 큰일이에요. 무서—운 무서—운 괴물에게 머리부터 꿀꺽……."

길게 이어지는 복도와 문이라는 악몽적인 상황은 알리시아의 공포 소설 마니아의 혼을 자극했다.

알리시아는 '성녀 구역'에 걸맞지 않은 말을 입에 담으며 걸음걸이마저 괴물처럼 의식적으로 벌리고 걸었다. 그러고 있노라니.

"뭔가 곤란한 일이 있나요?"

그 목소리는 죽 늘어선 방 중 하나에서 들려왔다.

놀란 알리시아가 그쪽을 보니 문 틈새로 낯선 소녀 한 명이 얼굴을 내밀고 있었다. 나이는 다섯 살 정도일까. 동그란 눈으로 이쪽을 보고 있었다.

"어머, 당신…… 들은 누구죠?"

알리시아가 한참 질문을 하는 사이, 문 건너편에 소녀의 얼굴이 두 개가 더 늘었다. 그뿐만 아니라 다른 사람들이 또 있는지, 앞의 세 사람은 어느새 문에 밀어 붙여져서 괴로운 얼굴을 하고 있었다.

"어머, 잠깐만요. 괜찮아요? 무리하지 말아요."

자신의 허리 정도까지밖에 오지 않는 아이들이 서로 엎치락뒤치락하는 것을 보고 알리시아는 아이들을 말리려고 했다. 그러나.

"괜찮아요!"

"뭔가 곤란한 일이 있죠? 도와드리겠습니다!"

"저한테 맡겨주세요, 반드시 도와드리겠습니다!"

혀 짧은 소리로 '도와드리겠습니다'라고 연창한 소녀들이 문을 열고 쏟아져 나왔다. 입으로는 기특한 소리를 하고 있었지만, 서로를 곁눈질하면서 자신이 먼저 앞으로 뛰어나오려고 하는 모습에서는 경쟁심밖에 느껴지지 않았다.

잠시 후, 복도로 나온 소녀들은 전부 여섯 명. 다들 '날개의 기도' 교단의 성직자가 입는 법의를 입고 있었다. 소녀들은 영문을 몰라 고개를 갸우뚱하는 알리시아를 둘러싸고 입을 모아 외쳤다.

"곤란한 일이 있죠?"

"제가 도와드리겠습니다."

"어떻게 해드릴까요?"

"기도해드릴까요?"

"어, 어머, 음, 그러니까."

소녀들이 만든 원의 한가운데에서 알리시아는 곤혹스러워져서 눈썹을 모았다.

"그러네요. 여럿이 찾는 편이 간단히 발견할 수 있겠지만, 그러면 숨바꼭질의 참맛이 없어지죠……."

호의는 고마웠지만 노는데 누군가가 도와줄 필요는 없었다. 도움을 받기보다는 차라리 이 아이들에게도 숨바꼭질하자고 할까요. 그렇게 생각한 순간, 소란스러움에 이끌려 파시아가 스스로 모습을 나타냈다.

"알리시아, 뭐 하고 있어? 그 애들은 누구야?"

파시아가 의아한 듯이 물었다. 파시아도 이 소녀들을 모르는 것 같았다.

"어머, 파시아 님도 모르세요? 하지만 이곳에는 성녀와 관계자 이외에는 누구도…… 저기, 미안한데요, 위험하니까 좀 놔주겠어요?"

이야기하고 있는 사이, 아이들이 알리시아의 손과 옷을 잡아당기는 바람에 알리시아는 넘어질 뻔했다.

"그래요, 파시아 님. 이 아이들도 함께 숨바꼭질을……."

머릿속의 생각을 입에 담은 순간, 알리시아에게 몰려 있던 소녀들 중 한 명이 뭔가를 알아차리고 숨을 들이켰다.

한 명이 당황해서 바닥에 엎드리자 나머지 다섯 명도 갑자기 똑같은 행동을 취했다. 여섯 소녀가 남김없이 바닥에 엎드리는 순간, 바닥을 난폭하게 걷어차면서 다가온 자는 놀랍게도 솔라스카였다.

"너희, 여기서 뭘 하는 거냐!!"

솔라스카가 눈꼬리를 치켜세우고 강한 어조로 고함을 쳤다. 그 바람에 알리시아는 목을 움츠렸다.

그러나 파시아의 반응은 목을 움츠리는 정도가 아니었다.

"죄송합니다, 죄송합니다, 죄송합니다!"

파시아가 갑자기 직립 부동자세를 취하고는 반쯤 울면서 사죄했다. 그 바람에 알리시아는 깜짝 놀랐다.

"어, 어머, 파시아 님……?"

"저는 인간입니다. 이제는 인간이에요!! 죄송합니다, 죄송합니다, 죄송합니다……!!"

파시아의 두려움이 전염되었을까. 바닥에 엎드린 소녀들도 바들바들 떨면서 흐느껴 울기 시작했다. 알리시아는 어안이 벙벙해져서 우선 이 장소에서 홀로 평정심을 유지하는 솔라스카를 올려다보았다.

"저, 이건 대체……."

당혹스러워하면서 솔라스카를 바라본 알리시아는 자신의 잘못을 알아차렸다.

솔라스카는 평정심을 유지하는 게 아니었다. 웃고 있었다. 울

부짖는 파시아와 겁을 먹고 땅에 엎드린 여섯 소녀를 내려다보며 무척 기분 좋다는 듯이.

과거 성녀였으며 지금도 높은 지위에 있는 성직자라고는 생각할 수 없을 정도로 사악한 미소로 입가를 일그러뜨리고 있었다. 물밑 왕국의 괴물도 이럴까 싶을 정도로 악의에 가득 찬 표정.

파시아는 솔라스카에게 떠밀려 바다에 빠졌다. 그것을 떠올린 알리시아는 얼른 파시아를 감싸는 위치에 섰다.

"파, 파시아 님을 괴롭히지 마세요……!!"

"……괴롭힌다?"

시침 떼는 얼굴로 미소를 지운 솔라스카는 답지 않게 부드러운 목소리를 냈다.

"당치도 않습니다. 저는 그저 좀 더 파시아 님도 알리시아 님도 주의해서 행동해주시기를 바랄 뿐입니다. 특히 파시아 님은 또 바다에 빠지는 게 싫으시다면 함부로 어슬렁거리는 행동을 삼가는 편이 좋지 않을까 생각합니다만."

겉만 그럴싸하게 포장한 진언에 파시아는 한층 더 '죄송합니다'를 반복했다. 알리시아의 등에 달라붙어 필사적으로 그림자에 숨으려는 모습이 애처로웠다.

"너희도 마찬가지다. 성녀 후보에서 제외되고 싶지 않다면 얼른 방으로 돌아가라!!"

엄격한 질타에 여섯 소녀는 펄쩍 뛰어올랐다. 사죄하는 말을 중얼거리며 앞서거니 뒤서거니 하면서 나왔던 문 안으로 달려 들어갔다.

마지막으로 솔라스카 자신도 같은 문에 손을 댔다. 차가운 시선이 아직도 파시아를 감싸는 알리시아를 더듬었다.

"알리시아 님. 당신의 처우는 아직 정해지지 않았습니다. 아셀님의 손님이라고 하여 우쭐거리시지만, 성녀 교대 시기는 다가오고 있습니다."

성녀 자리에서 내려온 소녀는 사람이 되어 이곳에서 조용히 살아갈 뿐인 존재가 된다.

솔라스카와 같은 파벌인 나딜이 제1계제가 되고, 솔라스카가 명실상부 교단의 지배자가 된 후에도 알리시아를 손님으로 대우할 필요가 있을까.

얌전히 있어라, 암암리에 그런 분위기를 풍긴 솔라스카는 그대로 문 건너편으로 사라졌다.

자신들만 남은 복도에서 알리시아와 파시아는 동시에 휴우, 한숨을 내쉬었다.

"정말 엄격한 분이네요……. 세이그람을 기준으로 한다면 3세이그람 정도예요……."

알리시아는 새로운 단위를 발명해냈다. 그런 알리시아의 등 뒤에서 파시아는 안도하는 것도 잠시, 몸을 부들부들 떨었다.

"살해당할 거야."

불온한 단어에 알리시아의 가슴이 한순간 두근거렸다. 그러나 파시아의 허무한 중얼거림은 절박한 무엇인가를 두르고 있었다.

"모두 살해당할 거야. 떨어져서, 가라앉을 거야. 아무도 구해주지 않아, 아무도……."

"파시아 님, 괜찮아요. 솔…… 아니, 그분은 이제 안 계세요. 저 개인적으로는 바다에 들어가 보고 싶다고 생각하지만 당신을 빠뜨리지는 않을 테니까, 안심하세요……."

어쨌든 파시아를 진정시키고자 알리시아는 말을 걸었다. 그때 파시아가 갑자기 알리시아의 어깨를 붙잡았다.

"오른쪽."

"네?"

진지한 목소리로 딱 한 마디.

그 말을 들은 알리시아는 눈을 동그랗게 떴다.

"오른쪽? 오른쪽에 뭔가 있나요? 파시아 님."

파시아가 말하는 대로 오른쪽을 쳐다보았다. 아무도 없는 복도에 문이 늘어서 있을 뿐이었다.

자세히 물어보려고 알리시아는 시선을 정면으로 되돌렸다. 그 순간 알리시아는 파시아의 표정을 보고 한층 더 놀랐다.

"……파시아 님……?"

"떨어지면 오른쪽으로 가요."

상냥함과 지성을 함께 갖춘 기품 있는 여성이 우울한 눈초리로 이쪽을 보고 있었다.

과거 성녀였던 아셀에 걸맞은 모습이 그곳에 있었다. 그러나.

"오른쪽! 오른쪽!! 오른쪽!!"

어른스러운 표정이 유지된 것은 눈을 세 번 깜빡일 정도로 짧

은 시간 동안이었다. 파시아는 바로 소녀조차도 아닌 배가 고픈 아기처럼 외쳤다.

알리시아는 영문을 알 수 없어서 그저 잠자코 있을 수밖에 없었다. 그때 얼굴빛을 바꾼 아셀이 달려왔다.

"파시아 님, 알리시아!!"

원래는 같이 숨바꼭질을 하러 왔을지도 몰랐다. 그러나 심상치 않은 기색을 알아차렸으리라. 계속 '오른쪽!'을 외치는 파시아의 팔을 한순간 주저한 끝에 붙잡았다.

"알리시아, 대체 무슨 일이 있었는가! 네가 이분에게 무슨 짓을 하였나?!"

설마 하는 마음을 담아 던진 질문에 알리시아는 우선 고개를 저었다.

"아뇨, 저는 아무것도…… 숨어 계신 곳을 찾지 못한 정도예요."

아셀의 등장에 기가 꺾였는지 파시아가 일단 얌전해졌다. 그런 파시아에게 들리지 않도록 알리시아는 살짝 귓속말했다.

"사실은 조금 전까지 솔라스카 님이 계셨어요. 그리고 음 그러니까, 그 아이들이 다음 성녀 후보인가요? 다섯 살 정도 되는 어린애들이 여섯 명 있었답니다."

대략적인 사정을 파악했는지 아셀은 씁쓸한 얼굴을 했다.

"……성녀 후보가 다 모였다고 말했었지. 방심했군. 이미 본격적인 준비를 시작하고 있었나……."

그 소녀 중 누군가가 다음 아셀이라는 것 같았다. 불행하지만 아무래도 때마침 미래의 성녀를 '성녀 구역'에 데리고 온 솔라스카와 마주친 모양이었다.

성녀 교대는 당대 성녀가 근처 국가에서 성인이라고 인정받는 18세가 되면 행해지는 것이 관습이라고 했던가. 아셸은 알리시아보다 조금 더 연상으로 보였다. 그러니 성녀로 있을 수 있는 시간은 별로 길지 않으리라.

"……이제 아셸님의 자리에서 내려오시나요?"

"아아, 슬슬 그렇게 되겠지. 하지만 그 전에…… 해야 할 일이 있어."

두 사람이 속닥거리는 사이, 뒤늦게 파시아의 시녀들이 나타났다. 파시아를 달래는 일은 시녀들에게 맡기고 알리시아와 아셸은 우선 당대 성녀의 방으로 물러나기로 했다.

가는 도중에 아셸은 뭔가를 결의한 눈빛으로 알리시아를 바라보며 일단 중단했던 이야기를 재개했다.

"알리시아, 널 도망치게 해줄 준비가 다 갖춰졌다. 결행은 내일 아침이다."

다음 날 아침. 알리시아는 처음으로 아셸이 아침저녁으로 기도를 주재하는 '날개의 기도' 대성당에 들어갔다.

정면 입구의 문이 활짝 편 한 쌍의 날개 모양인 것 등, 레이덴 지방의 깊은 산속에서 본 성당과 공통점이 많았다. 물론 유란과 교단 사람들은 대성당을 모방해 자신들의 성당을 만들었을 테지만, 규모는 본가 쪽이 압도적으로 컸다.

"어머, 사람들이 많네요."

알리시아는 새삼스럽게 장내를 둘러보며 감탄했다. 알리시아는 처음에는 아름다운 호선을 그리는 높은 천장이나 왕궁에서도 본 '날개의 기도' 교단과 관련된 그림 이야기가 새겨진 굵은 기둥에 정신을 빼앗겼다.

한동안 인적이 드문 '성녀 구역'에 있었고 본거지의 전체 모습을 파악하지 못해서 지금까지는 규모가 얼마나 되는지 상상할 수도 없었다. 그러나 지금 대성당에 모인 사람들은 적어도 수백 명은 넘을 것 같았다.

그런데 놀랍게도 그 사람들 속에 간간이 라그라드르인의 모습도 섞여 있었다.

라그라드르인이 믿는 것은 대지의 여신이 아니었던가요? 그렇지 않으면 전부 '회색' 분들일까요?

알리시아가 그렇게 생각하고 있으려니 앞서가던 레오니아가 주의를 주었다.

"조용히, 공주…… 이제 시작한다……."

레오니아는 알리시아를 일반 신자들과는 조금 떨어진 곳에 있는, 고위 성직자용으로 준비된 긴 탁자로 이끌었다. 알리시아는 그의 뒤를 얌전히 따랐다. 그곳은 대성당 정면 바닥보다 조금 높게 만들어진 단에서 가장 가까운 곳이었다. 곧 모습을 나타낼 성녀 아셸이 가장 잘 보이는 장소였다.

그 아셸이 먼저 알리시아를 놓아주겠다, 결행일은 오늘이다,

라고 말했지만 구체적인 계획은 거의 듣지 못했다.

알리시아가 자칫 말실수를 할까 봐 우려했을까, 지시는 하나뿐이었다. '아침 기도에 참석해라'.

아셀은 레오니아에게 알리시아를 돌봐주라고 부탁했다고 한다. 그래서 아침부터 그가 '성녀역'의 입구까지 마중 나왔다. 그러나 알리시아는 그대로 도망치는 일 없이 대성당까지 와버렸다. 게다가 레오니아가 알리시아에게 앉으라고 지시한 탁자에는 당연하게도 나딜과 솔라스카도 있었다.

두 사람 다 알리시아가 오는 것을 알고 있었으리라. 아무 말도 하지 않았다. 가까운 거리에 그들이 있었기 때문에 서툰 짓을할 수 없을 것 같았다.

"혹시 오늘 작전을 중지한다는 말을 전하는 것을 잊어버리셨을까요……?"

입안에서 그렇게 중얼거리고 있으려니 일반 신자들이 술렁거렸다.

"아셀님이다."

커튼 뒤에서 전방의 단상으로 걸어 나온 것은 아셀이었다. 높은 위치에서 쏟아지는 아침 햇살이 등에 짊어진 날개를 더욱 하얗게 빛냈다.

원래부터 당대 아셀은 매우 아름다웠다. 그러나 지금은 성녀였다. 그 우아한 모습과는 정반대로 오직 홀로 신을 향한 신앙을관철했던 긍지 높은 성스러운 소녀.

오오, 소리가 되지 못한 감탄이 일어났다. 그중 몇몇은 감격에 겨워 기도하는 자세를 취했다. 반응으로 미루어볼 때, 알리시아와 마찬가지로 아침 기도에 처음 참석하는 자 같았다.

저분들도 신앙심이 무척 깊을까요, 아니면 돈을 잔뜩 기부했을까요. 알리시아가 한창 그런 생각을 하고 있으려니, 단상 앞에 선 아셸이 입을 열었다.

"날개 아래로 모여든 자들이여, 안녕한가."

"안녕하십니까!! 아셸님!!"

성녀의 인사에 수백 명의 목소리가 답했다. 그들은 교전을 손에 들었다. 알리시아도 사전에 건네받았던 교전의 첫 항목, '아침 기도' 항목에 시선을 떨어뜨렸다.

그러나 아셸 본인은 손에 든 교전을 옆에 있는 작은 탁자에 내려놓았다.

"아침 기도 전에 오늘은 너희에게 조금 하고 싶은 얘기가 있다."

청중들이 곤혹스러운지 술렁거렸다.

그러나 곧 누군가가 이렇게 외쳤다.

"아셸님의 말씀을 들을 수 있는 겁니까……!"

"이 얼마나 좋은 기회인가요. 감사합니다……!!"

매일 똑같이 반복되는 기도도 물론 감사하다. 그러나 오늘은 교전에 실려 있지 않은 성녀의 새 설법을 들을 수 있겠다고 신자들은 기쁨에 눈을 빛냈다.

"어머, 그럼 아셸님은 이것을 위해 절 부르셨을까요?"

작년부터 두 번이나 '날개의 기도' 교단 법전밖에 없는 곳에 갇혔다. 알리시아는 벌써 교전의 내용을 거의 외웠다. 교전에는 없는 다른 이야기를 들을 수 있을까요, 기대하고 알리시아는 가슴을 두근거리며 아셀을 올려다보았다.

그런데 단상의 아셀은 청중들의 기세에 압도되었는지 굳어 있었다.

"—아아, 그래. 새로운…… 너희가 알지 못하는 이야기를 하지."

숨을 크게 들이쉬고 아셀은 그렇게 말을 시작했다. 그와 동시에 솔라스카와 나딜이 뭔가를 속삭였다.

지시하는 말은 두 사람에게서 주위 부하들에게로, 그리고 일반 병사에게로 퍼져 나갔다. 아무래도 이 상황은 아셀의 독단인 듯했다. 그렇지만 성녀의 행동을 눈에 띄게 제지할 수도 없으니 대처 준비를 하면서 상황을 살펴보는 것일까.

"……? 레오……읍."

무슨 일인지 들었냐고 레오니아에게 물어볼까. 알리시아가 그렇게 생각하는데 커다란 손이 입을 막았다. 그리고 그는 다른 한 손으로 알리시아의 손목을 꽉 잡았다.

"우리의 가르침의 근원. 성녀 아셀은 오직 혼자 신을 끝까지 믿은 공적으로 날개를 부여받아 더 높은 나라로 날아올랐다. 이후 교단은 아셀의 역할을 맡을 소녀를 뽑아 이 날개를 짊어지게 한 뒤 성녀로 내세우고 있다."

이 정도 일은 대성당에 들어올 정도인 신자라면 이미 알고 있는 사실이리라. 시간이 지나면 성녀가 바뀐다는 것 정도는 어느 정도 나이가 있는 자라면 알고 있을 것이다.

그러나 공적인 자리에서 말할 만한 일은 아니라고 생각해서일까. 신자들은 약간 머쓱해진 것 같았다. 그에 개의치 않고 아셀은 드디어 이야기의 핵심부에 들어갔다.

"그러나 현재 '날개의 기도' 교단의 모습은 어떤가? 성녀 아셀은 이렇게 기도하는 자리에만 얼굴을 내밀 뿐이다. 교단의 과거와 미래에는 일절 관여하지 않고, 그저 신자들의 호의를 탐하는 생활을 하고 있다."

이전에 그 내용을 이야기한 적이 있다는 사실을 떠올려서일까. 아셀은 씁쓸한 시선으로 알리시아를 힐끗 쳐다보았다.

"더불어 차대 성녀 결정에는 정치적인 이해까지 얽혀, 흘리지 않아도 되는 피까지 흐르고 있다! 일부러 바다에 떨어뜨려 성녀를 선별하는 것은 전설에 따른 공평한 방식을 취하고 있다고 선전하는 것에 불과하다. 실제로는 성녀 후보가 되는 단계부터 뒷거래가 횡행해 부모는 딸을 성녀로 만들려고 안달을 낸다. …… 심할 때는 대립 후보의 다리에 매다는 추를 늘리거나 뇌물을 써서 의식의 결과를 살피는 자를 매수하려고도 한다. 이런 방식으로 뽑힌 성녀에게 의미가 있는가?!"

알리시아는 이상할 정도의 열의로 자신의 도움이 되려 했던 소녀들의 모습을 떠올렸다.

소녀들은 분명히 주위의 다양한 속셈 때문에 성녀 후보가 되었으리라. 그 주위란 부모일지도 모른다. 성직자 중 한 명일지도 모른다. '날개의 기도' 교단에 영향력을 행사하고자 하는 가까운 국가일지도 모른다.

누가 됐든 소녀들은 성녀를 목표로 한다. 경쟁 상대를 곁눈질하며 더욱 '성녀다운' 행동을 취하려 한다.

그러나 그 안에서 오직 한 명만이 다음 아셀이 될 수 있다.

나머지 다섯 명은 바다에 가라앉아 다시는 떠오르지 않는다.

새삼스러운 일에 알리시아는 전율을 느껴 눈썹을 파르르 떨었다. 그런 알리시아의 손목을 붙잡은 레오니아의 손가락에 힘이 들어갔다.

"조용히……."

그렇게 알리시아에게 속삭이더니 입을 막고 있던 손을 떼었다. 그러고는 그 손을 상의 주머니에 찔러 넣어 뭔가를 꺼내 들었다.

그것은 작은 주머니였다. 그것에서 말로는 다 설명할 수 없을 만큼 자극적인 냄새가 희미하게 풍겨 나왔다. 코가 좋은 알리시아는 그 사실을 금방 알아차렸다.

이 주머니의 내용물은 레오니아의 발명품 중 하나, '죽지는 않지만…… 불쾌해지는 가루……'다. 돼지의 무엇으로부터 만들어진, 들이키면 갑자기 기침이 나오는 위험한 물건이었다.

때마침 단상 위에 있는 아셀의 연설도 절정을 맞이하고 있었다. 일반 신자들은 물론 나딜도 솔라스카도 아셀만 바라보며 움직이지 않았다.

"나는 '날개의 기도'의 가르침은 믿는다. 이 가르침이 사람들을 좋은 길로 인도해줄 것이라고 생각한다! 더 높은 나라에 걸맞은 자가 되기 위해 날마다 노력한다는 것은 멋진 일이다!!"

양손을 크게 벌린 채 아셀은 열심히 외쳤다. 등에 짊어진 날개가 좌우로 흔들렸다. 예상외로 강한 흔들림에 날개에서 빠진 깃털이 하늘하늘 아침 햇살 속에서 춤추었다.

그 모습을 보면서 레오니아는 앉아 있던 의자에서 일어섰다. 동시에 병사 중 몇 명이 그와 시선을 주고받으며 조금씩 움직였다.

알리시아도 아셀의 계획을 알아차리고 레오니아와 함께 자리에서 살짝 일어섰다.

"그렇기에 말하는 것이다, 모두 눈을 떠라!! ……특히 네놈들, 나딜, 솔라스카…… 큭!!"

정적이었던 유란이 죽은 후, 아셀도 노틀레도 무시하고 자기 멋대로 교단을 움직이고 있는 급진파 대표자들.

경건한 신자들 눈앞에서 지금이야말로 그들을 규탄하려던 아셀이 갑자기 그 자리에 쓰러졌다.

아셀님, 이라고 비명이 터져 나오려는 것을 가까스로 삼킨 알리시아는 레오니아가 혀를 차는 소리를 들을 수 있었다.

"……함정인가……."

알리시아는 분하다는 듯이 중얼거리는 레오니아의 목 앞에 들이댄 커다란 나이프를 알아차렸다.

키가 큰 레오니아의 뒤, 능숙하게 의자 등받이에 서 있는 것은 기제였다. 알리시아를 내려다보며 유쾌한 듯이 히죽거리고 있었다.

"아셸님은 지치신 것 같습니다."

쥐 죽은 듯이 조용해진 대성당 안에서 가장 먼저 입을 연 자는 나딜이었다.

"성녀의 중임을 등에 진 지 벌써 십수 년. 매우 힘드셨겠지요. 불쌍하게도요."

마치 그 말을 기다리고 있었다는 듯이, 단상 앞쪽에 진을 치고 있던 신자들이 차례로 지껄이기 시작했다.

"빨리 다음 성녀로 교대해야 합니다."

"우리를 더 높은 나라로 인도해주실 새 아셸님을 빨리 뽑아야 합니다."

그중에는 성녀 후보 중 누군가의 부모인지, '우리 딸로'라고 실언을 한 자조차 있었다.

쓰러진 아셸을 걱정하는 목소리도 들렸지만, 그 목소리는 '그러니 빨리 다음 아셸님을'이라는 외침에 묻히고 말았다.

지금은 움직이지 않는 아셸이 쓰러지기 전에 입에 올린 나딜의, 웃기지도 않는 단막극이 계속되고 있었다.

"—그렇습니다. 지금 아셸님은 지치신 것 같습니다. 그러나 안심하십시오. 이미 차기 성녀 후보는 전부 모였습니다."

정해진 대본을 읽는 명품 연기를 선보이면서 나딜은 결정적인 대사를 뱉었다. 그리고 그는 천천히 레오니아와 알리시아에게 시선을 향했다.

"분명히 아셸님은 이 사신 공주…… 초대받지 않은 손님이 이상한 소리를 불어넣는 바람에 착란을 일으키셨을 테지. 그리고 레오니아. 네가 아셸님께 사신 공주에 관해 쓸데없는 소리를 한 모양이더군."

레오니아는 나딜의 말을 무시하고 등 뒤의 기제에게 물었다.

"근처에…… 외출한 것이 아니었나……?"

주의를 끌려고 말을 걸면서 그의 손은 쥐고 있던 작은 주머니를 던지려고 움직였다.

"엇차!!"

간발의 차로 기제가 몸을 내밀어 위험한 분말이 가득 찬 주머니를 들어 올렸다.

이어서 건방지게, 라고 말하고 싶은 듯이 나이프 손잡이로 레오니아의 뒤통수를 있는 힘껏 가격했다. 화제에 루아크를 올리지 않는다면 기제도 그렇게까지 주의를 빼앗기지 않는 모양이었다.

"크윽……!"

"레오니아 님!!"

알리시아는 고통에 얼굴을 일그러뜨리는 레오니아에게 매달리려고 했다. 그러나 기제는 나이프의 칼날을 살짝 내보여서 알리시아의 움직임을 봉했다. 그러고는 조소하듯이 레오니아를 내려다보았다.

"흥, 수고스럽게 하는군……. 우리가 정말 자리를 비웠다고 믿었나? 바보 같은 녀석."

정신을 차리니 레오니아의 움직임에 호응했던 병사들도 이미 제압당한 상태였다. ……아셸이 현 교단을 비판하는 연설을 하고 그 틈에 레오니아가 알리시아를 도망치게 한다. 그런 계획이었던 것 같으나, 아무래도 상대방은 계책을 다 꿰뚫어 보았던 모양이다.

　게다가 나딜 패거리는 그저 탈출 계획을 저지하는 정도로 끝내지 않았다. 피를 토하는 듯한 아셸의 규탄을 거꾸로 성녀에 걸맞지 않다는 이유를 대는 데 사용했다.

　생각해보면 나딜의 수하에는 모습을 보이지 않고 행동할 수 있는 기제나 '선생님'이 있다. 아셸이나 레오니아 등 급진파에 대항하는 자의 움직임을 항상 감시하고 있을지도 모른다.

　"아셸님을…… 죽였나요?"

　단상 위의 아셸을 바라보며 알리시아가 떨리는 목소리로 묻자 나딜은 우아하게 미소 지었다.

　"무슨 바보 같은 소리를 하십니까? 저분은 그저 지쳐 쓰러지셨을 뿐입니다."

　그 말에 잘 살펴보니 아셸에게 외상은 없어 보였다. 피를 흘리지도 않았고, 때때로 미약하게 손과 발도 움직였다.

　그러나 지병도 없었고, 조금 전에 쓰러지던 모습은 너무 갑작스러웠다. 마치 눈에 보이지 않는 뭔가에 갑자기 습격당한 것 같았다.

　"혹시 '선생님'이 아셸님에게 뭔가를 하셨나요?"

　알리시아는 기제의 출현도 같이 놓고 생각한 끝에 그렇게 질문을 했다. 그러자 나딜은 조금 싫은 얼굴을 했다. 어디까지나 '갑자기 쓰러지셨다'라고 해두고 싶은 모양이었다.

"……무슨 말씀이신지 모르겠군요. 게다가 아셸님에게는 중요한 역할이 아직 남아 있습니다. 반려를 선택해 교단을 이끌 새 지도자를 정해야 한다는 중요한 역할이."

"아아, 나딜 님은 제1계제로 올라가고 싶으신 거군요? 어머, 하지만 아셸님은 나딜 님은 얼굴은 잘생겼지만 결혼하기는 싫다고……읍."

전부 말해놓고 입을 막아도 이미 때는 늦었다.

거리낌 없는 말에 나딜은 그대로 굳어버렸다. 반면, 뒤통수의 통증에 괴로워하던 레오니아가 한껏 웃음을 터뜨렸다. 기제마저 웃음을 터뜨릴 뻔했으나 그는 미묘한 표정으로 참고 있었다.

"─알리시아 님은 이쪽으로."

나딜은 무표정을 유지하고 있는 솔라스카에게 가볍게 시선을 보낸 뒤 차가운 목소리로 명령했다.

"그만둬! 공주에게 무슨 짓을 할 생각이냐!!"

레오니아가 보기 드물게 명료한 목소리로 외치며 그 기세로 벌떡 일어섰다. 그러나 옆에 대기하고 있던 기제가 재빨리 그를 제압했다.

휘몰아치는 바닷바람에 황갈색 머리카락이 흐트러졌다.

대성당에서는 아직 레오니아가 날뛰는지, 그쪽에서 소란스러운 소리가 들려왔다. 그러나 나딜에게 팔을 잡혀 끌려가는 알리시아의 귀에는 점차 바람 소리만이 들려왔다.

"노, 놔주세요……! 죄송합니다. 음 그러니까, 저는 나딜 님을 장사 솜씨가 뛰어나다고 생각하고 있답니다……!! 이미 결혼은 했으니 당신을 남편으로 맞아들일 수는 없지만……!!"

알리시아 나름대로 나딜의 기분을 풀어주려고 해봤으나 나딜은 무시했다. 하얀 분이 칠해진 손가락 힘은 강했다. 강한 힘으로 알리시아의 팔을 움켜쥔 나딜은 알리시아를 질질 끌며 앞으로 나아갔다—전설이 태어난 절벽으로.

"자, 이쪽으로 오시지요, 사신 공주."

나딜은 알리시아를 바다를 등진 절벽의 아슬아슬한 끄트머리에 세웠다. 파시아라면 비명을 지르며 뒤로 물러났을 것이다.

등을 떠미는 강한 바람에 발밑이 흔들렸다. 저도 모르게 시선을 내리자 저 멀리 아래쪽에 파도가 절벽에 부딪쳐서 수면에 하얗게 거품이 일고 있는 광경이 보였다. 전신의 털이 곤두섰다.

열심히 주위를 둘러봤지만 나딜이 부른 병사들이 주변을 빈틈없이 둘러싸고 있었다. 도망칠 곳은 없었다.

그뿐만 아니라 그는 일반 신자도 십여 명이나 데려와서 사람벽을 만들었다. 도망가는 것을 방지하기 위해서였겠지만, 그들에게 이 광경을 보여주려는 의미도 있었으리라.

"저기, 저를 죽이거나 하면 카슈반 님이 가만히 안 계실 거예요……."

"걱정하지 마십시오. 지금 시점에서 당신의 남편이 들이닥치지 않았으니 정말로 아직 이 장소를 발견하지 못했기 때문이겠죠?"

너무 과대평가해서 미안했습니다. 나딜은 짓궂게 웃었다.

"하지만 카슈반 님은 라그라드르 분들과 사이가 좋으세요. 언젠가는 이곳 위치도 다 들통 날거예요. 그렇다면 교섭 재료는 남겨둬야 하는 게 아닐까요……?"

나딜은 본거지의 위치가 들통났을지 모른다는 이유로 알리시아를 납치했다고 주장했다. 지금까지 살려둔 것은 인질로 삼기 위해서였을 텐데 죽여 버린다면 무의미하지 않은가.

"……정말 말만큼은 잘하는 공주님이시군. 그렇게 해서 아셀 님께 쓸데없는 소리를 불어넣었겠지요. 겨우 말귀를 알아듣게 되었건만……."

낮게 중얼거리는 나딜의 표정은 기묘하게 일그러져 있었다. 알리시아를 막다른 지경까지 몰아넣었으면서도 자기 자신이야 말로 마치 뭔가에 쫓기듯이 여유가 없어 보였다. 그 초조함이 화사한 미모에 그늘을 드리우고 있었다.

"레오니아 님도 말씀하셨지만, 뭘 그렇게 초조해하고 계시죠……?"

알리시아는 그만 순수하게 그런 질문을 하고 말았다. 그 순간, 나딜의 얼굴이 완전히 얼어붙었다.

나딜은 말없이 알리시아의 팔을 잡아당겨서 몸을 한 바퀴 돌렸다. 회색의 하늘과 바다가 시야 한가득 들어왔다.

한순간 가슴이 두근거렸다. 그러나 지금은 그럴 때가 아니었다. 나딜의 손이 알리시아의 어깨에 놓였다.

"그럼 잘 가시오, 사신 공주. 우리의 가르침을 믿는 백성 중에 익사한 자의 허튼소리를 들어줄 사람은 없답니다."

설령 카슈반이 알리시아의 시체를 보고 광분한다고 해도 그것이 익사체라면 얘기는 달라진다.

매일 기도하는 것은 잊어버려도, 물에 관련된 죽음을 맞이한 자는 물밑 왕국에 떨어질 것이라는 사고방식은 무의식에 뿌리 깊게 박혀 있다. 과거의 유란처럼 '천벌'을 받은 죄인으로 취급되겠지.

휙, 나딜의 손이 가차 없이 어깨를 떠밀었다. 지면을 디디는 감각이 사라졌다.

하늘을 향해 날아오른 새처럼—더 높은 나라로 날아오른 성녀처럼 몸이 허공에 떴다. 그러나 그것도 잠시.

"꺄아아아아아아……!!"

길게 비명을 지르면서 알리시아는 머리부터 바다로 떨어졌다.

묘하게 안락한 느낌이 드는 낙하 시간은 길지 않았다. 알리시아는 하얀 물기둥을 만들면서 똑바로 바닷속으로 가라앉았다.

수면에 격돌했다가 뚫고 들어가는 충격으로 전신이 저렸지만 멍하니 있을 수는 없었다. 낙하한 반동으로 단숨에 깊은 곳까지 가라앉은 알리시아는 숨이 막혀 손발을 바르작거리며 버둥거렸다.

안경은 어디론가 날아가 버린 것 같았다. 하지만 안경이 있어도 똑같았을 것이다. 사나운 수면에서 쏟아져 들어오는 빛은 불규칙하고 약해서 주변은 거의 새카맸다.

수면에서 멀리 떨어져서일까, 생각보다 파도의 저항은 약했다. 그러나 물의 냉기와 무게만큼은 예상 이상이었다. 몸에 달라붙는 물을 발로 아무리 차도 몸이 떠오르는 느낌은 전혀 들지 않았다.

저도 모르게 발끝을 내려다본 알리시아는 다음 순간, 후회했다.

눈 아래 펼쳐진 것은 바닥이 있으리라고는 상상도 할 수 없을 정도로 한없이 펼쳐진 암흑이었다. 그 암흑 속에 자신만이 혼자 달랑 떠 있었다.

라그라드르인들은 이 암흑 속으로 잠수를 해 식재료를 채취한다. 그러니 강할 수밖에. 그런 두서없는 생각이 뇌리를 스쳤다.

그러나 그것도 잠시, 알리시아는 본능적인 공포에 사로잡혔다.

—이리로 와요, 아가씨.

언젠가 꿈에서 들은 목소리가 발밑에 펼쳐진 끝없는 어둠에서 말을 걸어오는 것 같은 기분이 들었다.

—다과회를 계속하자. 자, 이리 와.

보이지 않는 괴물의 손에 잡힌 것처럼 알리시아는 몸을 움직일 수가 없었다. 그러나 괴물이라는 단어는 다른 의미가 있기도 했다.

아버지를, 그리고 자신을 괴물이라 칭하는 '아즈베르그의 폭군'.

알리시아를 사랑하며 알리시아도 사랑하는 괴물은 물밑 왕국도 더 높은 나라도 아닌 장소에서 분명히 자신을 찾고 있을 것이다.

'미안해요, 다들. 그다음은 십수 년 뒤에 계속해요.'

알리시아는 지방백의 영애로 태어났으나, 지금까지 '날개의 기도' 교단에 맞서왔다. 그래서 사후에는 물밑 왕국에 갈지도 몰랐다.

환청에 속으로 대답하면서 알리시아는 드레스의 재봉선에 손을 갖다 대었다.

이 드레스를 만들어준 노라에게는 미안했지만, 물을 먹은 천이 손발에 달라붙어서 한층 더 손발의 움직임을 구속하고 있었다. 옷을 벗으면 상황이 개선될 터.

그렇다고는 해도 귀부인의 드레스는 혼자서 그렇게 간단히 벗을 수 있도록 만들지 않는다. 고생고생해서 겨우 언더 드레스 차림이 된 알리시아는 아쉬운 기분으로 가라앉는 드레스를 내려다보았다.

드레스 자체도 아까웠다. 게다가 주머니에 들어 있던 아셀의 초상도 지금 드레스와 함께 물밑으로 가라앉고 있다.

물론 목조 초상을 손에 쥔 채 살아 돌아갈 수 있을 정도로 라그라드르의 바다가 만만하지 않다는 사실은 잘 안다. 게다가 그 이상 중요한 것은 약지에 남아 있다.

카슈반이 준 반지를 만지며 알리시아는 해변에서 그가 했던 말을 떠올렸다.

'인간의 몸은 물에 뜨게 되어 있다. 진정하고 손발에 힘을 빼 봐.'

그때처럼 전신에 힘을 빼고 있으려니 조금씩 조금씩 수면이 가까워졌다…….

"……푸핫!! 꺅?!"

수면 위로 나온 순간, 알리시아는 파도에 단숨에 밀려나는 바람에 비명을 질렀다.

빠른 바람이 와 닿는 뺨에 느껴지는 한기보다 강한 파도가 더 무서웠다. 알리시아는 갑자기 다시 바닷속으로 끌려들어 가서 필사적으로 물을 헤치고 떠올랐다.

열심히 주위를 둘러보았지만 수면 밖으로 튀어나온 바위는 하나같이 파도에 닳아서 날카롭게 솟아 있었다. 매달리는 정도는 가능할지 모르겠지만 바닷가로 이어진 것 같지 않았다.

"떠, 떨어졌을 때 저기에 부딪힌 것보다는 훨씬 낫지만……
푸앗."

알리시아는 카슈반에게 배운 대로 물을 발로 밟듯이 서서 헤엄치는 상태를 유지하려고 했다. 그러나 수면 위로 얼굴을 내밀고 있어도 파도가 계속 덮쳐 왔다.

이대로는 체력을 소모할 뿐이다. 원래부터 신체 능력이 별로 뛰어나지도 않으니, 늦든 빠르든 물에 빠질 것이다.

　—오른쪽.

　파시아가 반복했던 단어가 불현듯 떠올랐다.

　"그래, 파시아 님은, 살아나셨어…… 꺅!!"

　다시 파도에 얻어맞은 알리시아는 그대로 가까이에 있는 바위에까지 밀려났다.

　"아얏……!!"

　바위에 몸의 오른쪽이 부딪쳤다. 통증과 충격에 숨이 막혔다. 특히 요란하게 부딪친 오른 다리가 저려서 저도 모르게 눈물이 다 나왔다.

　그러나 파도는 기다려주지 않았다. 그대로 있다가는 한층 더 흘러갈 것 같았다. 알리시아는 당황해서 가까이에 있던 암석으로 손을 뻗었지만 미끄러지기만 했다.

　카각, 귀에 거슬리는 소리와 손톱 끝에 달리는 격통에 몸이 움츠러들었다. 쉽게 포기하는 타고난 천성이 다시 고개를 들 것 같았다.

　그러나 그때, 왼손의 반지가 눈에 들어왔다.

　아파도 이 이상 흘러가면 두 번 다시 해안가로는 돌아갈 수 없다. 알리시아는 필사적으로 단단한 바위의 표면에 손톱을 세우고 버티면서 주변을 둘러보았다.

　"음 그러니까, 오른쪽이라니 어느 쪽이죠……?"

　어디를 기점으로 오른쪽일까. 좀 더 제대로 들어두었으면 좋았을 텐데. 그러나 지금 와서 후회해도 소용없었다.

"본거지는 아마도 저쪽…… 이라면 역시 이쪽……?"

어슴푸레한 시력에 기대 자신이 떨어진 절벽을 올려다보았다. '날개의 기도' 교단 본거지를 등지고 '오른쪽' 방향을 바라보았다. 그곳에는 수면 위로 튀어나온 바위조차 없었다. 있는 것이라고는 절벽뿐이었다.

"……에잇!!"

망설여봤자 소용없었다. 체력이 남아 있는 동안에 해볼 건 해보자, 그런 생각에 알리시아는 '오른쪽'을 향해 무턱대고 물을 헤치기 시작했다.

몇 번이나 물속에 가라앉았다. 몇 번이나 짠 물을 들이켰다.

괴로워서, 바닷물을 뒤집어쓴 눈이나 코, 목이 너무 아파서 몇 번이나 이제 그만둘까 생각했다.

하지만 오랫동안 키워온 포기하는 근성을 발휘하지 않고 알리시아는 필사적으로 버둥거렸다……. 그리고 이윽고.

손바닥에 닿는 꺼끌꺼끌한 감촉.

고생 끝에 겨우 절벽 표면에 찰싹 달라붙은 알리시아는 후줄근해진 앞 머리카락의 틈새로 필사적으로 '오른쪽'에 있을 '무언가'를 찾았다. 그러나…….

―아무것도 없다.

"이럴 수가……."

어쩔 줄 몰라서 알리시아는 중얼거렸다.

침착해야 해. 안경이 없어서 안 보일 뿐이야. 그렇게 생각해 봤지만 필사적으로 그곳을 응시해도 보이는 것은 그저 절벽뿐.

시각은 아직 아침일 것이다. 하지만 날씨는 여전히 좋지 않았고, 또 태양의 방향 때문에 절벽의 '오른쪽'은 지금은 그늘이 져 있었다. 시야가 좋지 않은 것은 어쩔 수 없었다. 하지만 그 점을 고려하더라도 오른쪽에는 그저 암벽만 보일 뿐이었다.

"'오른쪽'은 이쪽이 아니었나요……? 꺅!!"

바위에 걸고 있던 손가락이 갑자기 미끄러져 알리시아는 다시 물속으로 가라앉았다.

순식간에 숨이 막혔다. 알리시아는 뽀골뽀골 귀중한 공기를 내뱉으면서 어두운 바다에 삼켜졌다. 귀에 또다시 자신을 부르는 목소리가 들려왔다.

─수십 년 뒤에나 보자니 너무 무정하네, 아가씨.

─차가 식어버려요.

─이리로 와요.

─이쪽으로 와.

"콜록, 콜록, 콜록……!!"

알리시아는 손가락 끝에 상처가 나는 것에도 개의치 않고 절벽을 긁듯이 해서 다시 수면 위로 얼굴을 내밀었다. 약지에서 빛나는 다이아몬드의 반짝임을 버팀목 삼아 요란하게 기침을 하며 바닷물을 뱉어내고 열심히 호흡을 가다듬었다.

그러나 이대로는 얼마 버티지 못하리라는 사실은 명백했다.

피로와 추위로 손발의 떨림이 멎지 않았다.

……무서워.

이때가 되어서야 비로소 알리시아는 익사의 공포를 실감하게 되었다.

"싫어……."

얼굴을 엉망으로 일그러뜨리며 알리시아는 중얼거렸다.

정말로 무서운 것은 익사가 아니다. 바다도 아니다. 물밑에 사는 괴물도 아니었다.

정말로 좋아하는 '가족'들과 살아서 만날 수 없다. 그것이 무서웠다.

"나, 돌아갈 거예요. 모두 있는 곳으로 돌아갈 거예요……!!"

괴물들에게 선언하듯이 그렇게 외치며 알리시아는 필사적으로 주변을 둘러보았다.

이쪽이 '오른쪽'이 아니라면 반대쪽일까. 그렇다면 '오른쪽'은 암호로, 방향을 나타내는 것이 아닐지도 모른다.

그러는 사이에도 바닷속에 있는 게 아닌데도 환청이 들리기 시작해 알리시아를 현혹했다.

—이리로 와, 알리시아.

"안 돼요……!! ……앗!!"

강하게 거부하는 알리시아의 몸을 무정한 파도가 들어 올렸다.

눈 깜짝할 사이에 절벽에서 떨어뜨려져 거리로 따지면 십 수 보가량 바다로 흘러갔다.

지상에 있을 때라면 아무것도 아닌 거리였다. 그러나 바다에서, 그것도 슬슬 체력이 바닥나기 시작한 알리시아에게는 쉽게 메울 수 있는 거리가 아니었다.

　닥치는 대로 버둥거려서 겨우 얼굴만 수면 위로 내놓는 데 성공했다. 그러나 귀에 들어간 물 때문에 청각까지 이상해졌다.

　모든 소리가 반향을 동반하면서 웅웅 울리듯이 들렸다. 그런 와중에도 물밑의 괴물들이 부르는 소리만큼은 무서울 정도로 선명했다.

　—이리로 와요.

　—이쪽으로 와.

　—이쪽으로 와, 알리시아!!

　"꺄아아아아……!!"

　남은 힘을 모조리 짜내서 마구잡이로 버둥거려도 몸은 점점 가라앉을 뿐이었다.

　카슈반에게 배운 헤엄치는 방법도, 파시아가 말한 '오른쪽'도 머릿속에서 날아간 지 오래였다. 돌아가고 싶어, 여기서 죽고 싶지 않아. 그 생각만을 버팀목 삼아 손발을 움직이려고 했다. 그러나 무겁고 차가운 물은 오히려 몸에 더 달라붙는 것 같았다.

　—알리시아!

　"싫어…… 콜록, 돌아갈 거예요……. 나, 돌아갈 거예요……!!"

　—알리시아!!

　"돌아갈 거야, 콜록, 카, 카슈반 님에게, 돌아갈 거야……!!"

"진정해, 알리시아!!"

들려온 것은 그리운 목소리.

공황 상태에 빠진 알리시아의 몸을 강한 팔이 등 뒤에서 겨드
랑이 밑으로 손을 넣듯이 안고 있었다. 눈에 익은 사파이어의 반
짝임이 시야를 스쳐 지나갔다.

"……카슈반, 니임……?"

목소리는 아직 멀게 느껴졌다. 시야는 평상시보다 안 좋았다.

하지만 끌어안은 팔의 힘과 온기는 꿈도 환상도 아니었다.

그가 왜, 어째서 이곳에 있는지는 당장은 중요하지 않았다.

지금 그가 여기 있는 것이 현실, 그것만이 중요했다.

"와, 주셨어요……? 아……."

목을 비틀 듯이 뒤를 올려다본 알리시아의 차갑게 식은 뺨에
손이 얹혔다. 이마의 정중앙에 뜨거운 입술이 닿았다.

"……신이시여……!"

아내의 존재를 확인하듯이 알리시아를 강하게 끌어안은 카슈
반의 입에서 저도 모르게라는 느낌으로 한마디가 새어 나왔다.

주어진 온기는 정말로 작았다. 그러나 그 덕분에 여전히 바닷
속에 잠겨 있는 몸에 점차 열기가 살아났다.

"카슈반 님, 저, 저……!!"

진짜다. 와주었다는 안도감에 맥이 풀린 알리시아는 결국 카
슈반에게 매달렸다. 그러기 무섭게 두 사람이 함께 물속으로 가

라앉았다. 카슈반이 당황해서 품에 안은 알리시아의 몸을 구속하듯이 다시 안았다.

"진정해! 나도 그렇게까지 헤엄치는 데 익숙하진 않다. 자칫하면 두 사람 다 가라앉는다."

신중하게 중얼거린 카슈반은 알리시아가 날뛰지 않는 것을 확인하고 물에 젖은 검은 머리카락을 쓸어 올리며 '오른쪽' 방향으로 시선을 던졌다.

"괜찮아. 반드시 살 수 있다. 너는 힘을 빼고 있어."

그렇게 말하고는 카슈반은 알리시아를 한 팔로 안은 채 헤엄치기 시작했다.

절벽의 '오른쪽' 아래에 구멍 하나가 입을 쩍 벌리고 있었다.

오랜 시간 밀어닥친 파도에 부딪힌 탓일까, 작은 동굴 입구가 바위 그늘에 숨듯이 뚫려 있었다.

"'오른쪽'이라니…… 이걸, 뜻했을까요……?"

카슈반이 밀어 올려준 덕분에 동굴로 올라온 알리시아는 바닥에 주저앉은 채 곰곰이 생각하는 어조로 중얼거렸다.

"시력은……, ……중요하네, 요…….."

동굴에 들어오고 나서 막상 조금 전 가라앉을 뻔했던 부근을 둘러보니 자신은 분명히 이쪽을 몇 번이고 봤으리라는 생각이 들었다.

공포 때문에 제대로 확인하지 못한 탓도 있었겠지. 그렇지만 아무래도 자기 전에 책을 읽는 것은 조금은 삼가야겠다, 알리시아는 반성하면서 몸을 떨었다.

"추우우우우우워어어어어요오오오오……."

호흡은 편하게 할 수 있었다. 빠져 죽을 걱정도 없었다. 그러나, 추웠다.

'날개의 기도'의 가르침을 국교로 하는 나라의 인간은 물에 들어가는 일이 없다. 물이 가득한 곳에 들어갔다 나와 젖은 몸이 급격하게 식는 감각을 경험하는 일이 없었다.

그렇지 않아도 차가운 바닷물에 오래 잠겨 있었다. 피로가 한계까지 쌓인 데 더해서 좁은 동굴에 들어온 탓에 속도가 한층 빨라진 바닷바람이 뼛속까지 얼어버린 몸에서 열을 빼앗아갔다.

"알리시아, 안 된다, 자지 마!!"

미끈미끈하고 더러운 바닥에 엎드린 채 의식을 잃어가던 알리시아를 카슈반이 안아 일으켰다. 바다에 뛰어들기 전 이곳에 벗어 던진 것처럼 보이는 망토를 주워들고 아내의 몸을 감싸려고 했다.

"추, 워, 요……."

평소라면 '배가 아파' 왔겠지만 지금은 추위가 더 앞섰다.

알리시아는 온기를 찾아 추위로 곱은 손발을 열심히 움직이면서 카슈반에게 몸을 가까이 갖다 댔다.

"……젠장! 뭔가, 불을 피울 만한 게……!!"

차갑게 식은 몸을 안고 카슈반은 분통이 터진다는 것처럼 혀를 찼다. 그러나 센스 좋게 물에 젖어 추워하는 상황을 대비한

설비는 보이지 않았다. 게다가 자신도 물에 빠진 생쥐 꼴이었다.

"……어쩔 수 없군."

카슈반은 잠시 망설이듯이 시선을 이리저리 움직였다. 그러나 곧 뜻을 굳힌 얼굴을 하고는 알리시아를 일단 바닥에 내려놓았다.

찌익찌익 요란한 소리가 동굴 안에 울려 퍼졌다.

"……꺄아……."

축축한 언더 드레스가 찢어지면서 바닷바람이 직접 맨살을 두드렸다.

알리시아는 멍한 상태에서도 창피함을 느껴서, 그래도 큰 소리를 낼 기력도 없어서 어중간하게 비명을 질렀다. 카슈반은 망토로 알리시아의 몸을 닦기 시작했다. 천 너머라고는 해도 가슴, 엉덩이 그리고 알리시아 자신도 그다지 손을 댄 적이 없는 곳까지 재빨리 닦아나갔다.

허벅지 부근까지 뻗어 나간 카슈반의 손이 갑자기 멈추었다.

"젠장, 이런 상처까지 입히고……!!"

상처?

천천히 자신의 다리를 내려다본 알리시아는 오른쪽 허벅지에 찢어진 상처가 난 것을 보고 놀랐다.

익사의 공포와 추위로 감각이 없었지만, 아마도 아까 파도에 밀려 바위에 부딪혔을 때 찢어졌으리라. 날붙이로 인한 상처가 아니었기 때문에 깨끗하게 잘리지 않고 단면이 너덜너덜했다.

그렇다 해도 몸이 식는 바람에 상처가 오그라들어 출혈은 멈쳐 있었다. 그래도 카슈반은 망토 자락을 찢어 만든 붕대로 그곳을 강하게 묶었다.

그리고 자신도 상의의 앞섶을 풀어 대충 몸의 물기를 닦은 뒤 다시 알리시아를 안았다.

바닷물에 차갑게 식은 맨살이 서로 맞닿은 그 순간에는 추웠다. 그러나 바로 카슈반의 체온이 전해져 왔다. 체온과 함께 전해지는 격렬한 심장 박동은 카슈반이 얼마나 동요하는지를 나타내고 있었다.

그를 크게 걱정시켰다. 그 사실을 깨달은 알리시아는 면목이 없다고 생각했다.

"괜찮다, 알리시아. 괜찮아. 괜찮을 거야……!!"

오히려 자신에게 들려주듯이 카슈반은 몇 번이고 그 말을 반복했다. 카슈반의 손은 그대로 드러나 있는 알리시아의 맨 등이나 팔을 쓰다듬으며 차갑게 식은 몸을 조금이라도 녹이려고 노력하고 있었다.

"예……. 괜찮을 거예요."

비몽사몽간에도 알리시아는 그 말에 대답했다.

"와, 주셨네요……. 저…… 만나고 싶었어요……."

"……아무 말 안 해도 돼!! 지금은 그저 몸을 녹이는 것만 생각해라……!!"

카슈반에게 꽉 끌어안겨서, 추위로 보라색으로 변한 입술에 생명을 불어넣는 듯한 키스를 받자 다시 잠이 몰려왔다.

이 잠에 몸을 맡겨도 된다. 카슈반 님이 와주셨으니까. 이제는 괜찮다고, 그렇게 말해주고 있으니까.

　하지만 따뜻한 팔에 안긴 감각을 놓치는 것이 아까운 기분도 들었다. 알리시아는 조금씩 감각이 돌아오는 손가락을 뻗어서 카슈반을 끌어안았다.

　부드러운 피부를 쓰다듬듯이 손가락으로 만지고 있으려니 등 왼쪽에서 위화감이 느껴졌다. 뼈는 아니었고 피부가 돌출한 것 같은 감촉이었다.

　……이건…… 흉터……?

　그런 것을 생각하며 알리시아는 행복한 잠에 빠져들었다.

[제5장] 새로운 성녀

다음에 눈을 떴을 때 알리시아는 아직 카슈반의 팔에 안겨 있었다.

다만 알리시아는 벌거벗은 상태로 망토에 둘둘 말려 있었지만, 카슈반은 옷매무새를 바로 하고 있었다. 동굴의 바다로 면한 쪽이 아니라 반대쪽인 것 같은 입구에 알리시아를 안은 채 서서 바깥 상황을 살피고 있었다.

"일어났나? 조용히 하고 있어."

카슈반은 작은 목소리로 명령하고 신중하게 주위를 둘러보면서 동굴 밖으로 나갔다.

안경을 잃어버린 알리시아에게는 주위 풍경이 잘 보이지 않았다. 그래도 두 사람에게 쏟아지는 태양 빛이 불그스름한 빛을 띠고 있다는 점은 알 수 있었다. 벌써 저녁이 된 것 같았다.

바닷바람이 강하게 불고 있었고, 주변에는 온통 울퉁불퉁한 바위뿐이었다. 인기척이라고는 전혀 느껴지지 않았다. 이곳의 풍경은 명백히 라그라드르의 풍경이었다. 아직 '날개의 기도' 본거지에서 멀리 떨어지지 않았나 보네요. 알리시아는 멍한 머리로 그렇게 생각했다.

카슈반은 어떻게 이곳을 알았을까. 묻고 싶은 것은 산처럼 많지만, 사정을 들을 수 있는 상황이 아닌 것 같았다. 한기가 드는데다

심하게 졸려서 알리시아는 남편의 팔 안에서 얌전하게 있었다.

문득 쉬리릭쉬리릭 불어 닥치는 바닷바람과는 다른 방향에서 바람이 불어와 알리시아의 뺨을 어루만졌다.

"알리시아……!!"

다 억누를 수 없을 정도로 기쁨에 가득 찬 목소리가 그 뒤를 이었다.

"……루아크……?"

언제나처럼 한 줄기 바람같이 모습을 나타낸 것은, 바람에 은발이 흐트러진 사신 소년.

복부에 붕대를 감은 애처로운 모습을 보고 카슈반이 언짢은 목소리를 냈다.

"바보 자식, 얌전히 자고 있으라고 했을 텐데."

"미안, 도저히 참을 수가 없어서. 알리시아…… 무사, 하지……?"

루아크가 카슈반의 팔에 안긴 알리시아의 얼굴을 머뭇머뭇 들여다보았다. 여느 때와 달리 불안해 보이는 눈동자에 답하기 위해 알리시아는 여전히 미묘하게 어긋난 방향을 향해 미소 지었다.

"괜찮아요……. 알몸이지만. ……루아크도, 다행이야, 무사하군요."

"……응."

서로 상처를 입었지만 어쨌든 살아 있다. 그것을 확인할 수 있어서 알리시아도 루아크도 안심했다.

"엇, 그런데 왜 알몸이야? 설마 카슈반 형님, 정신없는 틈을 타서 전부터 원하던 바를 이룬 건 아니지?"

"얘기는 나중에. 한시라도 빨리 도망쳐야 해!!"

다소 기운을 차린 루아크의 까부는 말에 카슈반은 응하지 않았다. 아내와 '아들'을 안전한 곳으로 데려가야 한다는 사명감을 풀풀 풍기며 명령했다.

"……그렇지? 추적자도 쫓아온 모양이고. 우웅. 아무리 시간도 없고 사람 손도 부족하다고는 했지만, 제다 씨 정도는 데려올 걸 그랬나."

아무렇게나 굴러다니는 바위 저편에서 나타난 기척을 알아차리고 루아크가 낮게 중얼거렸다. 손에는 그가 애용하는 무기가 쥐어져 있었다.

얼마 지나지 않아 알리시아의 귀에도 '저쪽이다', '설마 진짜로?!' 하는 목소리가 들려오기 시작했다.

손에 횃불을 들고 나타난 것은 '날개의 기도' 교단의 신자와 병사 무리였다. 수는 대략 열 명 정도.

살아 있다는 것을 알고 쫓아온 것치고는 수가 적었다. 알리시아의 죽음을 확인하러 왔다가 시체가 발견되지 않았기에 찾으러 온 선발대와 조우했다는 정도인 것 같았다.

"저게 요전의 나딜이라던가 하는 녀석인가……? 젠장, 그때 처리해버렸어야 했는데."

신자들 속에서 나딜의 모습을 발견하고 카슈반이 밉살스럽다는 듯이 눈을 가늘게 떴다.

한편, 나딜도 카슈반과 그의 팔에 안긴 알리시아를 보고 밉살스럽다는 얼굴을 했다. 카슈반과 똑같은 생각을 하는 것 같았다.

"……정말 악운이 강하군. 과연 사신 공주야. 하지만 그것도 여기까지다. 저자들을 잡아……아니, 죽여라!!"

나딜은 카슈반 일행을 가리키며 큰 목소리로 지시를 내렸다. 본거지의 장소가 알려진 이상 그 외에 선택지는 없었다.

그러나 나딜 이외에 '날개의 기도' 신자들은 카슈반도 루아크도 보고 있지 않았다.

그들의 시선은 오직 한 명, 망토에 둘둘 감긴 알리시아에게 못 박혀 있었다.

"사신 공주가 살아 있어."

"바다에 떨어졌는데도……!!"

술렁거리기 시작하는 그들을 초조해진 나딜이 질타했다.

"바보 자식들, 무얼 하는가! 빨리 체포해라!!"

그러나 나딜이 아무리 혈색까지 바꾸며 아우성을 쳐도 경건한 신자들은 눈앞에서 일어난 기적에 흥분을 가라앉히지 못했다.

"……성녀다."

누군가가 그런 말을 입에 담았다. 그 말은 갑자기 큰 파도가 되었다.

"새로운 아셸님이다."

"설마, 그런."

"하지만 그 절벽에서 떨어지고도 살았다고……!! 아무리 추를 달지 않았다고 해도 평범한 실딘인인데……!!"

눈앞에서 펼쳐지는 소동에 나딜은 그저 어이없는 얼굴로 서 있었다.

"……무, 무슨 바보 같은 소리를 하는가?! 알리시아 님은 저 라이센 공작의, 불경하기로 유명한 남자의 아내다!! 그런 자가 다음 아셀님이라니…… 말도 안 된다!!"

나딜은 평소의 우아함을 내팽개치고 목청껏 아우성을 쳤다.

그러나 나딜 자신이 이전부터 조금씩 선동하고 있었다. 성녀 아셀의 교체 시기가 가까워졌다고.

그것은 물론 정적이었던 유란의 사후, 한시라도 빨리 당대 아셀과 자신이 결혼하기 위해서였다. 현 아셀의 뒤를 이을 새 아셀이 정해지지 않으면 결혼할 수가 없으니까.

스스로가 판 함정에 빠진 나딜을 버려두고, 성질이 급한 사람은 그 자리에 엎드려 기도를 올리기 시작했다.

"어머…… 제가, 요……?"

의아하게 생각한 알리시아가 사람들 쪽으로 시선을 돌렸다. 그것만으로도 몇 명인가가 더 환성을 지르며 땅에 몸을 숙였다.

카슈반도 사태가 어떻게 돌아가는지 이해하지 못하고 의아한 얼굴을 했다. 그러나 어쨌든 지금 추적자들의 움직임은 멈춰 있었다.

"지금이다. 가자!!"

"그렇지? 기제니 '선생님'이니 하는 것들이 나오기 전에!!"

상처를 입었다고 생각하기 힘들 정도의 속도로 움직이는 루아크의 움직임을 눈으로 쫓으며 카슈반은 알리시아를 안은 채 달리기 시작했다.

"……아셸님과 레오니아 님은, 괜찮으실까요……?"

남은 일을 걱정하면서 알리시아는 다시 눈을 감았다.

"아셸과 레오니아가 해준 일은 완전히 헛수고는 아니었다."

다렌 시가지의 영빈관으로 돌아온 지 3일째. 상처와 피로 때문에 열이 난 알리시아는 내리 잠만 자다가 겨우 눈을 떴다. 머리맡에 앉은 카슈반은 그렇게 설명해주었다.

"두 사람은 널 놓아주려고 여기저기 손을 썼다. 그 움직임이 우리에게도 전해졌지. 본거지가 있는 장소도 찾아내서…… 최악의 사태는 면했다. 그 동굴을 발견한 건 우연이었지만."

알리시아를 놓아주려고, 레오니아는 단순히 '날개의 기도' 본거지에서 내보내는 것만이 아니라 안전한 장소로 도망갈 수 있도록 경로까지 준비했던 것이리라. 나딜은 그럴 것이라고 알고 있으면서도 일부러 가만히 놔두었다. 그런 레오니아의 움직임을 파악한 카슈반 일행이 바라 마지않던 기회를 얻어 찾아왔다는 것이다.

"그랬나요, 고마운 일이네요……. 하지만 그 동굴은 어떻게 된 것일까요?"

"성녀 선정 의식……이었던가. 그 기분 나쁜 의식을 치를 때, 지켜보는 사람이 사용하는 장소겠지. 루아크가 그런 얘기를 들은 적이 있다고 말했다. 가까이에서 보지 않으면 누가 마지막까지 떠 있는지 알 수 없으니까."

'장난감 군대'는 '날개의 기도'와 일부 연결되어 있었다. 루아크는 성녀에 관해서 등 교단 내부 일에 약간은 지식을 가진 것 같았다.

"아아, 그럼 파시아 님은 두 번이나 바다에 떨어지셨으니까 알고 계셨군요……."

"파시아? 그게 누구지?"

카슈반이 의아한 듯이 고개를 갸우뚱했다. 그런 카슈반에게 알리시아는 간단히 파시아에 관해 설명했다.

"과연. 선대 성녀, 그런가……. 하지만 그렇다면 수긍이 가는군. 성녀 선정 의식 때는 물에 빠지기 전에 지켜보는 사람이 구해주러 왔을 테니까 그 동굴에 관해서는 알아차리지 못했을지도 모른다. 아무나 그곳에 굴러들어 와서 살아남는다면 의미가 없을 테니까. 일부만이 아는 장소겠지."

상당히 긴 거리를 헤엄쳐야 한다는 점을 생각하면 장소를 알아도 그곳에 도착할 수 있을지 없을지는 의심스러웠다. 물밑에 끌려들어 갈 뻔한 공포가 떠올라서 알리시아의 얼굴이 다시 어두워졌다.

이제는 괜찮다고 말하는 것처럼 카슈반이 아내의 작은 손을 꼭 쥐었다.

"아무리 네가 납치되었다고 해도 정면으로 쳐들어가면 갑자기 '날개의 기도' 교단과 전면 전쟁을 벌이게 된다. ……그런 의미에서 이런 형태로 되찾을 수 있어서 다행이었다."

언젠가 아셀이 걱정했던 일을 카슈반도 생각하고 있던 모양이었다.

"그러네요. 온건하게 돌아올 수 있어서 다행이에요……."

아직 조금은 아픈 목을 누르면서 알리시아는 미소 지었다. 그러자 카슈반은 아내를 찌릿 노려보았다.

"어디가 온건하다고?! 승산만 있다면 지금 당장이라도 전면 전쟁을 걸고 싶을 정도다!! 그 자식들, 내 '아들'에게 큰 상처를 입히고 아내를 납치해 간 것도 모자라서 바다에 빠뜨리기까지 했겠다……!! 나딜 놈, 다음에 만나면 반드시 죽여버리겠어……!!"

분노를 드러낸 카슈반의 목소리는 그렇게까지 크지는 않았다. 그러나 그 목소리에도 알리시아는 깜짝 놀랐다. 안경은 바다에 빠뜨리고 예비한 안경이 없어서 지금 알리시아는 거의 아무것도 보이지 않았다. 그런 만큼 소리에 민감하게 반응했다.

그것을 알아차린 카슈반은 당황해서 손을 뻗어 아내의 황갈색 머리카락을 상냥하게 쓰다듬어주었다.

"아아, 미안하다. 너한테 화낸 게 아니야. ……괜찮은가?"

"에에, 괜찮아요. 잠도 잔뜩 잤고, 밥도 잔뜩 먹었으니까요."

실제로 알리시아의 얼굴색은 좋았다. 다리의 상처도 아물고 있었다. 지금은 오히려 카슈반이 더 피곤해 보였다.

"그런가, 그럼 됐다만…… 지금은 우선 너를 구해낸 것만으로 만족하도록 하지."

카슈반이 다시 상냥하게 알리시아의 머리카락을 쓰다듬고는 이마에 손을 대었다.

"열이 내려갈 기미가 보이지 않는군. 괜찮냐?"

이 '괜찮냐?'라는 말을 아까부터 열 번 이상 들었다. 그러나 알리시아는 이번에도 예의 바르게 고개를 끄덕였다.

"예……. 저기, 그런데 '날개의 기도' 분들 움직임은……?"

"현재로서는 눈에 띄는 움직임은 보이지 않는다. ······루아크와 제다가 탐색하러 갔지만, 그쪽에는 예의 '선생님'과 기제가 있으니까. 그 두 사람도 그렇게 쉽게 접근하지는 못했다."

'선생님'이라는 호칭을 들은 알리시아의 머리에 쓰러진 성녀의 모습이 떠올랐다.

"아셀님과 레오니아 님, 무사하시면 좋을 텐데요······."

두 사람은 현재 교단을 움직이는 세력에 정면으로 맞섰다. 그냥 넘어갈 리가 없다.

"잘만 하면 내친김에 그 두 사람도 데리고 나올 수 있을 거라 생각했지만······ 뭐, 지금 와서 이런 말 해봤자 소용없지."

씁쓸한 어조로 카슈반이 말했다. 그 말대로 알리시아가 할 수 있는 일은 없다. 그러나 생각만큼은 '날개의 기도' 본거지에 있을 아셀과 레오니아에게로 향했다.

레오니아는 둘째 치고 아셀은 죽지는 않았겠지. 다음 성녀가 정해지지 않았는데 지금 아셀이 없어진다면 교단 내에 불필요한 혼란을 불러올 뿐이다.

그렇다고 해도 이미 성녀 후보는 다 모였다. 다음 성녀를 바로 정할 수 있다고 여긴다면 당장에라도······. 그런 생각을 하며 알리시아는 자신의 죽음을 확인하려고 왔던 신자들의 반응을 머릿속에 떠올렸다.

"저를······ 새로운 성녀라고 말씀하셨죠, 모두."

알리시아는 전설이 태어난 절벽에서 바다로 떨어졌으면서도 살아났다.

알리시아는 다른 성녀 후보와 비교하면 나이가 많은 편이었다. 그러나 '사신 공주'로서 이전부터 묘하게 유명했다. 더불어 당대 아셀이 손님으로 맞이했던 소녀다.

게다가 아셀이 교단의 모습에 의심을 한 직후에 나딜에게 떠밀려 절벽에서 떨어진 일이 목숨을 건지는 데 도움이 되었다. ……그 일련의 일은 '사신 공주'를 '성녀'로 바꾸기에 충분할 정도인 기적으로 비쳤을지 모른다.

"게다가 파시아 님도 괜찮으실까요? 솔라스카 님에게 괴롭힘을 당하지 않으면 좋겠는데요……."

'오른쪽'이라는 말을 해줘서 알리시아를 구해준 파시아, 무사할까.

물론 알리시아 혼자 힘으로 그 동굴까지 도착하지는 못했다. 그래도 파시아가 방향만이라도 알려준 덕분에 살 수 있었다. 만약 반대 방향으로 향했다면 알리시아가 바다에 떨어졌다는 사실을 알고 찾으러 온 카슈반이 발견해주지 못했을 것이다. 아마 그대로 물에 빠져 죽었겠지.

알리시아는 물에 빠져 죽을 뻔했던 때의 공포를 떠올리고는 작게 몸을 떨었다. 카슈반이 그런 아내의 어깨에 살짝 손을 올려놓았다.

"알리시아, 몸이 회복되면 '날개의 기도' 교단 내부의 일을 가능한 자세히 이야기해줬으면 한다. 협력해주겠어?"

낯선 사람에게 말하듯이 진지하게 말하는 것을 듣고 알리시아는 고개를 끄덕였다.

"예, 물론이죠. 지금 당장에라도 상관없는읍."

마침 잘됐다며 말을 하려는데 갑자기 입이 틀어 막혔다.

"아직은 안 된다. 네 상태도 완전하지 못한 데다가…… 여기서 이 이상 이상한 얘기 하면 곤란해."

"나도 그렇게 생각해, 알리시아."

뺨을 쓰다듬는 한 줄기 바람과 함께 루아크가 카슈반의 등 뒤에 나타났다.

"루아크, 괜찮아요?"

목소리로 대략 방향을 파악한 뒤 알리시아는 머리를 움직였다. 그런 알리시아에게 루아크는 '알리시아야말로 무리하지 마'라면서 웃었다.

"다친 부위가 부위니 만큼 피가 잔뜩 나왔지만, 단련한 정도가 다르니까. ……상대가 죽일 생각이 없었다는 게 가장 큰 이유지만."

말 뒷부분에서 루아크의 어조가 미묘하게 변한 것을 알리시아는 알아차렸다.

"선생님은 루아크를 죽일 생각은 없었나요?"

"알리시아를 데려오라는 명령만 받았던 게 아닐까? 그 사람은 정말로 고용주가 하는 말을 그대로 충실하게 실행하니까……. 그건 그렇고 카슈반 형님. 손님 왔어."

루아크가 애매하게 말을 끊더니 문 쪽으로 시선을 주었다.

"……왔나."

자리에서 일어선 카슈반은 앞이 잘 보이지 않는 알리시아도 분명히 알 수 있을 정도로 험악한 공기를 두르고 있었다.

잠시 후, 문 건너편에서 나타난 것은 트레이스의 뒤를 따라온 발로이였다. 바로 옆에는 레네도 있었다.

　병문안 선물을 받았는지 트레이스는 작은 상자를 안고 있었다. 그런데 그의 표정은 어딘가 씁쓸했다. 티르나드만큼은 아니었지만 트레이스 역시 라그라드르인과 용병에게 거부감을 느끼고 있다. 그러나 단순히 그 이유 때문만은 아니었다.

　발로이의 얼굴에도 여느 때 흐르던 표표함과 활달함이 결여돼 있었다. 레네는 여전히 무표정했지만 빛을 받으면 붉게 빛나는 눈동자를 밑으로 내리깔고 있어서 불안한 기색이 엿보였다.

　"······여, 아가씨. 몸은 괜찮은가? 문병 왔어."

　발로이가 일부러 가볍게 인사했다. 그것을 카슈반이 일축했다.

　"병문안은 무슨. 웃기지 마라!! ─네놈들은 처음부터 '날개의 기도' 교단과 손을 잡고 있었잖아!"

　그 말을 듣고 알리시아는 조금 늦게 '아', 작게 소리를 냈다.

　그렇다. 라그라드르 국내에 '날개의 기도' 교단의 본거지가 있는데 라그라드르인이 지금까지 알아차리지 못했을 리가 없다.

　용병으로, 부르는 곳이 있다면 어디든지 달려가는 라그라드르인은 정보 수집 능력도 탁월하다. 타국 내부 사정도 그 나라 국민 이상으로 잘 안다. 자국 내 일이라면 더 말할 필요도 없었다.

　이전에도 발로이는 디네로가 '날개의 기도' 교단과 손을 잡은 것 같다는 가짜 정보를 흘려서 카슈반을 혼란스럽게 한 적이 있었다.

　무엇보다 그때는 카슈반 자신이 일부러 그들 계략에 편승한 부분도 있었다. 그러나 그 이후에는 도중에 정보가 조작될지도 모른다고 경계해서 세이그람에게 정보 수집을 맡기는 일이 늘었다. 그런데 설마 이런 근원적인 부분에서 정보 조작이 이루어지고 있을 줄은…….

"내 어리석음에 구역질이 난다. 너희에게 '날개의 기도' 교단 본거지를 찾으라고 시켰다니. 너희 라그라드르인은 인근 국가에 정보망을 갖고 있어서 정보원으로 자주 이용되지. 그런 너희가 '날개의 기도' 교단과 결탁하고 있었다면 본거지가 있는 장소를 내게 알려줄 리가 없었겠지……!"

분한지 카슈반이 이를 갈았다. 발로이가 잠시 뜸을 들이고 나서 한숨을 쉬었다.

"특별히 네가 무능하다고 생각하지 않아. 사실 너 말고는 관계를 알아차린 녀석은 없었다."

수염이 덥수룩하게 자란 턱을 매만지며 발로이는 갑자기 표정을 바꾸어 옅게 웃었다.

"왕자 전하마저도 '뭔가'라고 막연하게 표현했었지? 뭐, 녀석에게 좋을 대로 이용당했다는 느낌도 드는군."

제오르디스가 눈치챈 라그라드르의 비밀. 그것을 밝히는 역할을 떠맡았다는 사실에도 불쾌함을 억누를 수 없는지 카슈반은 작게 혀를 찼다.

"그래서 이제 어쩔 거냐, 카슈반. 왕자 전하께 고자질이라도 할 테냐? 라그라드르인은 '날개의 기도' 교단과 손을 잡았다고."

"……그건 우리 사정이다. 네놈과는 관계없어."

발로이가 일부러 그러는 것처럼 놀리듯이 묻자 카슈반은 그 자리에서 말을 되받아쳤다.

여유를 찾아볼 수 없는 대응에 발로이의 표정에도 위험한 기운이 감돌았다.

"─뭔가 착각하는 거 아닌가? 나는 단순히 협력자일 뿐이다. 이해가 일치하기 때문에 지금까지 손을 잡는 일이 많았지. 하지만 그게 다다."

되돌아온 정론에 카슈반은 아무 말도 하지 않았다. 트레이스도 루아크도 마찬가지였다. 레네와 알리시아는 아무 말도 할 수 없었다.

긴장감이 한계까지 강해진 가운데, 발로이가 결정적인 한마디를 내뱉었다.

"나는 네 '아버지'가 아니야, 꼬마야. 뭐든 가르쳐줄 거라 생각했냐? 어리광도 적당히 부리시지."

아버지와의 불화를 잘 알면서 던진 발언에 카슈반이 눈을 치켜떴다.

트레이스가 헉, 하는 표정을 지었지만 다행히 주인은 폭발하지는 않았다. 다만 주먹을 강하게 쥐었을 뿐이었다.

"……그렇다 해도 우리와 '날개의 기도' 교단도 마찬가지다. 우리와의 기본적인 계약 조건은 단 하나, '날개의 기도' 교단의 본거지가 있는 장소를 다른 곳에 흘리지 않는다. 그뿐이다. 그 외에는 그때그때 상황과 계약에 따라 정해진다."

카슈반의 기색을 관찰하면서 발로이는 말을 계속했다.

"……그걸 믿으라고?"

"지금까지 녀석들과 칼을 맞댔을 때 우리가 주저한 적이 있었나?"

발로이가 질문에 질문으로 답하자 카슈반은 과거의 기억을 더듬

듯이 눈을 굴렸다.

옆에서 알리시아도 지금까지 있었던 일을 떠올려 보았다. 용병들의 힘을 빌려서 '날개의 기도' 교단과 실제로 싸운 것은 작년, 유란에게 알리시아와 티르나드가 납치됐을 때뿐이었다.

그러나 분명히 그때, 발로이는 상대가 교단이라도 적당히 넘기지 않았다. 그랬지만…….

"그 담보로 교단은 너희에게 무엇을 해줬지?"

"그건 우리 사정이다. 너희와는 관계없어."

카슈반이 한층 더 추궁했지만 발로이는 카슈반의 말을 빌려 그것을 피했다. 카슈반이 눈꼬리를 치켜세웠다. 실내의 공기가 다시 얼어붙었다.

"'날개의 기도' 교단의 본거지에서 라그라드르 분들을 봤답니다."

문득 그런 말이 알리시아의 입에서 튀어나왔다.

"'회색' 분들이었을지도 모르겠지만…… 경건한 신자만이 드나들 수 있는 대성당에서 기도에 참여하고 계셨어요."

아마도 이쪽에 계시겠죠. 그 정도로 생각하며 알리시아는 방향을 잡아 말했다. 그러나 그런 알리시아의 눈은 발로이가 아니라 벽에 걸린 호랑이 머리를 향하고 있었다.

그러나 발로이는 전혀 다른 방향을 향해 내뱉어진 그 말에 병문안을 온 이후로 가장 크게 표정을 움직였다.

"라그라드르 분들은 대지의 여신이 아니라 사실은 '날개의 기도'의 가르침을 믿고 계신 건가요? 그래서 '날개의 기도' 본거지가 있는 곳을 감추고 있는 건가요?"

이 화제라면 말이 통하겠지. 그렇게 생각해 질문한 알리시아에게 발로이는 고개를 저었다.

"……아니야, 아가씨. 우리가 믿는 건 우리의 신화뿐이다."

묘하게 메마른 어조. 그것에 이끌리듯이 한순간 입을 다물었던 카슈반이 천천히 입을 열었다.

"—'날개의 기도'의 가르침이 너희 문화에 침투하고 있다."

발로이의 표정이 험악해졌다. 그러나 카슈반은 계속 지적했다.

"……뭐 알리시아의 시력은 의심스럽지만, 티르가 어쩌고저쩌고하면서 알리러 온 네 용병단 젊은이……. 그 녀석도 '날개의 기도'의 가르침에 심취한 거 아닌가?"

부모와 자식. 전부 합쳐 셋이서 해안을 산책하고 있을 때 달려온 발로이의 부하.

그가 티르나드 운운하며 전했던 소식은 완전 거짓이었다는 사실을 알리시아도 이미 들었다. 그자는 실은 나딜이 포섭한 '날개의 기도' 신자로서, 그 점을 감추고 발로이 용병단에 숨어들어왔다는 사실도.

"그 녀석은 '회색'이 아니지? 순수한 라그라드르인이지?"

카슈반이 추궁하자 발로이는 아주 짧은 순간 머뭇거린 끝에 고개를 끄덕였다.

"'날개의 기도' 녀석들이 이곳에 본거지를 만든 초반에는 어디까지나 이해가 일치했을 뿐이었겠지. 하지만…… 오랜 시간 접하고 살다 보면 언젠가 어딘가가 섞이게 되지."

실딘인과 라그라드르인 사이에 '회색'이 태어나는 것처럼.

라이센 가의 사람들이 발로이에게 인종을 초월한 유대감을 느끼게 돼버린 것처럼.

"'날개의 기도' 녀석들은 너희를 천천히 자신들의 가르침을 받아들이게 해서 개종시키려는 거 아닌가? 그건…… '태양의 민족'의 자긍심에 상처를 입히는 일이겠지?"

"……최근 정말이지 부하 복이 없어서. ……내 이름을 대고 웃기는 짓거리를 벌인 점에 관해서는 제대로 뒷수습을 하게 하마."

의도적으로 한 동문서답을 끝으로 발로이는 침묵했다.

그때 루아크가 한 발 앞으로 나서서 말을 덧붙였다.

"우리의 존재도 '날개의 기도' 관계자들이 라그라드르인을 가볍게 보고 있다는 증거가 아닐까? 그게 우리는 항상 당신들보다 강해지라는 말을 들었거든."

'장난감 군대'는 실딘 왕국과 '날개의 기도' 교단이 공모해 라그라드르인에 대항할 수단으로 만들어진 조직. 루아크와 레네는 그 산증인이다.

"아저씨가 '장난감 군대'에 묘하게 집착하는 것도 언젠가 '날개의 기도' 교단과 제대로 손을 끊으려는 준비 아니야? 그렇다면. 다 들통난 지금이 딱 좋을 때 같은데?"

"……그건 이쪽 사정이다. 너희와는 관계없다, 고 말해둘까."

발로이가 후우, 크게 한숨을 내쉬었다. 레네가 그를 걱정스럽게 올려다보았다.

"발로이 님……."

라그라드르인이 아닌 레네는 섣불리 참견할 수 없을 것이다. 그저 이름을 부르는 것밖에 할 수 없었다. 그런 레네의 머리를 발로이는 커다란 손으로 쓰다듬었다.

"레네에게 뭐라고 하지 마라. '날개의 기도' 교단과의 일은 라그라드르인 중에서도 일부밖에 모르는 비밀이다. 이 녀석은 아무것도 몰랐다."

단장의 배려에 레네는 고개를 저었다.

"가령 전부 알고 있었다 해도 저는 발로이 님의 부하입니다. 발로이 님에게 불이익이 되는 일은 입이 찢겨져도 말할 수 없습니다."

"……너도 어쩔 수 없는 녀석이구먼. ……아니 너희, 라고 해야 하나."

레네 및 '장난감 군대' 출신을 '사냥개'라고 표현했던 때처럼 발로이는 쓴웃음을 지었다.

"그럼 그만 간다. 카슈반, 아가씨. 용건이 있을 때는 언제든지 말을 걸어달라고."

마음을 바꿔먹었는지 발로이는 작별 인사를 입에 올리는 걸 마지막으로 문에 손을 대었다.

레네도 바로 뒤를 따르려고 했다. 루아크가 그런 레네에게 갑자기 말을 걸었다.

"레네. 레네는 '선생님'에 관해 잘 모른다고 말했었지?"

뒤를 돌아본 레네의 얼굴에는 그늘이 져 있었다. 마찬가지로 그 자리에 멈춰선 발로이도 눈썹을 모으고 있었다.

"……예, 잘 모릅니다. 제가 소속돼 있던 부대 지휘관에게는 일단 평범한 이름이 있었으니까요. ……무서운 실력을 갖추고 있나 보군요. 당신에게 그런 상처를 입히다니."

루아크의 패배로 '선생님'의 실력을 절실히 깨달았으리라. 레네가 보기 드물게 말끝을 흐렸다. '장난감 군대' 시절의 일을 떠올리고 있을지도 몰랐다.

"그 사람이 무슨 생각을 하는지는 모르겠지만……."

거기서 루아크는 가볍게 머리를 가로젓고 말을 고쳤다.

"……'선생님'은 개인적으로 어떻게 할 생각이다, 라는 마음은 없을 거야. 음 그러니까, 그 사람이 지금 따르는 사람이 어쩔 생각인지에 따라 앞으로 레네와 발로이 아저씨에게도 수작을 걸어올 수 있어. 의미 없는 충고일지도 모르겠지만, 조심해."

"알았습니다."

레네는 확실하게 고개를 끄덕이고는 가볍게 경례를 했다. 그것을 신호 삼아 발로이가 다시 문을 열었다.

"……어이쿠, 실례했군. 안심하라고, 우리는 이제 돌아갈 참이니까."

발로이가 농담조로 그렇게 말하며 레네와 복도로 나갔다. 그와 엇갈리듯이 제다와 세이그람을 대동한 티르나드가 들어왔다. 곁에는 아까 카슈반이 들어올 때 방을 나갔던 노라도 있었다.

"실례하겠습니다……. 아아, 알라시아 님, 정신이 드셨군요. 다행이다."

딱딱한 표정으로 발로이의 곁을 지나쳐 방으로 들어온 티르나드는 침대 머리맡의 알리시아를 보고 순간 한숨을 토해냈다.

"예, 벌써…… 앗!"

인사에 답하며 알리시아는 자리에서 일어서려고 했다. 그것을 카슈반이 억눌렀다.

"됐다, 일어나지 마."

"아뇨, 하지만."

괜찮으니까요, 알리시아는 눈으로 그렇게 호소했다. 그러나 카슈반은 듣지 않았다.

"무리하지 마라. 막 깨어난 참이잖아. 다리의 상처도 완전히 아물지 않았잖아? 이제부터 아즈베르그까지 다시 긴 여행을 해야 할 테니 쉬고 있어."

그렇게 말하니 알리시아도 거스를 수 없었다. 티르나드도 무리를 시킬 생각은 없었기에 아무 말도 하지 않고 침대 옆으로 다가왔다.

"……라이센, 발로이와 이야기를 했지?"

티르나드가 힐끗 복도를 돌아보며 그렇게 말했다. 티르나드의 표정이 험악했다. 라그라드르인에게 가진 편견이 옅어져 갈 때 알게 된 사실에 충격을 감출 수 없었던 모양이다.

"아아. ……이렇게 된 이상, 세이그람. 네가 가진 정보망도 신용하기엔 위험하겠어."

티르나드의 뒤에 물러서 있던 세이그람이 안경을 밀어 올렸다.

"……그렇겠군요. 발로이 님 및 라그라드르인과 연결된 정보망이 대부분이니까요."

이상적인 주인을 찾아 실딘 국내를 방랑한 시기가 있던 세이그람은 독자적인 정보망을 가지고 있었다. 그러나 주로 이용하던 것은 발로이 용병단에 속해 있을 때 개척했던 경로였다.

"하지만 다행스럽게도 가제트 후작 각하…… 거기에 오델 후작 각하의 협력을 얻을 수 있을 것 같다."

얼마 전에 주종의 맹세를 맺은 그라네우스. 거기에 엘릭스를 중개인으로 삼아 접촉을 꾀한 지스칼드.

양쪽 다 고명한 지방백이며, 실딘 국내에 영향력을 가진 인물들이었다. 우선은 그들의 협력을 얻어야 할 것 같았다. 그러나 이 아이러니한 전개에 카슈반은 얼굴을 찡그렸다.

"……젠장. 발로이와 사이가 틀어지고 오델 대후작 각하와 손을 잡다니……. 1년 전의 아무것도 모르는 내게 알려주고 싶군."

그라네우스는 둘째 치고 지스칼드와는 줄곧 견원지간이었다. 제오르디스라는 공통의 적이 생긴 지금, 그 외에 취할 수단이 없다는 점은 머리로는 이해하고 있었다. 그러나 마음이 따라가지 못하는 것 같았다.

"뭐, 하지만 에르티나 님과 알리시아는 사이가 좋고 또 지스칼드 형님에게도 약점이 있다는 사실을 알았으니까. 전보다 마음 편하게 지낼 수 있을 것 같은데."

얼굴을 찡그린 카슈반을 루아크가 달랬다.

"게다가 발로이 아저씨랑 사이가 완전히 틀어진 것도 아니잖아. 뭐 그래도 조금 거리를 둬야 하는 건 사실이지만."

"……조금이 아니라 거리를 두는 게 좋아요. 그 남자, 뻔뻔하잖아요."

노라가 한층 허세를 부렸다. 그러나 무리해서 태연함을 가장하는 태도임이, 누가 봐도 명백하게 보였다. 노라는 아즈베르그의 주민으로, 라그라드르인이 얼마나 강한지 줄곧 봐왔다. 그런 만큼, 그들을 적으로 돌렸을 때의 무서움을 알고 있으리라.

"그러네요. 렉산드르 자작님은 노라와는 거리를 두는 편이 좋아요. 그게 노라는 이미 레이덴 백작님과 읍."

알리시아가 질리지도 않고 다시 떠들기 시작하자 노라가 루아크를 능가하는 속도로 옆으로 달려와서 입을 틀어막았다.

"아아, 이봐, 알리시아. 말하지 마라! 다시 열이 나잖아!!"

카슈반이 허둥대기 시작했다. 그러자 제다까지 새삼스럽게 루아크의 상태를 물었다. 티르나드는 노라 곁으로 다가가려 했다. 그런 주인을 세이그람이 채찍을 힐끗 내보여 제지하고 질렸다는 얼굴로 진언했다.

"강공작 각하. 마님도 얌전히 주무시고 있을 수 없을 정도로 회복하셨으니 우선 아즈베르그로 돌아가지요. 상세한 얘기는 나중에 해도 괜찮을 듯싶습니다."

"……아아, 그렇군."

알리시아의 이마에 손을 얹고 있던 카슈반은 일동을 둘러보며 힘차게 선언했다.

"앞으로 전략을 대폭 수정해야 할 것 같다. 모두 협력해주길 바란다."

"……맡겨둬!!"

슬슬 독립해야 한다는 사실을 의식했을까, 아니면 노라의 눈을 신경 썼을까. 티르나드가 솔선해서 그 요청을 받아들였다.

카슈반도 평소처럼 장난으로 대응하지 않고 '부탁한다'라고 말했다. 그러자 티르나드가 얼굴을 벌겋게 물들이고 고개를 끄덕였다.

훌륭하게 성장한 피후견인을 믿음직스럽다는 듯이 바라보는 카슈반의 모습에는 가장의 품격이 느껴졌다. 그러나.

"아아…… 그런데 몸은 괜찮으냐? 알리시아."

"예, 괜찮답니다. 다리의 통증도 가라앉았고, 잠도 잘 잤고요."

"그래. 얼굴색도 좋아 보이지만…… 하지만 정말 괜찮으냐? 아즈베르그까지는 오래 걸릴 거야. 눈은 거의 다 녹았고 날씨도 따뜻해지긴 했다만……."

"네, 그러니까. 예, 괜찮아요. 밥도 잔뜩 먹었으니까요."

침대에 누운 사랑하는 아내에게 말을 거는 모습은 팔불출 남편일 뿐이었다. 끊임없이 계속되는 '괜찮으냐?'라는 질문을 보다 못해 트레이스가 끼어들었다.

"카슈반 님, '괜찮으냐?'라는 질문 좀 이제 적당히 하십시오. 일일이 대답하는 쪽이 부담됩니다."

"……그, 그렇군."

제정신으로 돌아온 카슈반은 주변의 질렸다는 듯한 시선을 털어내듯이 창밖을 바라보았다.

"—돌아가자. 우리 집으로."

아즈베르그 지방으로 돌아가는 여행은 도중에 알리시아가 미열이

나는 바람에 카슈반이 허둥거린 점을 제외하고는 큰 문제 없이 무사히 끝났다. '날개의 기도' 교단 내부에서도 혼란이 계속되는지, 지금으로서는 추적자가 쫓아오는 기색도 없었다.

"여행은 즐겁지만 집에 돌아오면 역시 마음이 편해지죠."

카슈반이 당부한 대로 폭신폭신한 모포를 둘둘 두른 알리시아는 마차 바깥으로 정든 저택을 발견하고 미소 지었다.

검은 숲 안쪽에 서 있는, 날개 달린 괴물 상이 잔뜩 달리고 묘비와도 같은 거석에 둘러싸인 '라이센 돌 저택'. 무심코 숲 안으로 들어온 여행자가 보고 비명을 지르며 도망치는 일도 있나 보지만, 알리시아에게는 이곳이 세상에서 가장 안심할 수 있는 곳. 가족과 함께 사는 곳이었다.

"그렇지. 알리시아가 보고 있는 방향은 숲이지만. 아 그래도 뭔가 무척 오랜만에 돌아온 느낌…… 얼라리요?"

루아크도 이곳이 '집'이라는 인식이 강해진 것 같았다. 알리시아의 말에 맞장구를 친 뒤 여느 때의 날카로운 감을 발휘했다.

"카슈반 형님, 디네로 님이 와 계신가 본데."

"……그런 것 같군."

카슈반도 마차를 세워두는 곳에 아즈베르그 가의 마차가 서 있는 것을 알아차렸다. 마차는 트레이스에게 맡기고 우선 아내를 안아 올렸다.

"저, 카슈반 님. 이제 저 혼자 걸을 수 있답니다……. 그리고, 모포가 좀 더운데요……."

알리시아가 '배가 아픈' 감각을 맛보면서 속삭였다. 하지만 카슈반은 그 말을 무시하고 그대로 저택의 큰 홀로 향했다.

"앗, 카슈반 님, 알리시아. 루아크도 노라도 어서 와!!"

라이센 부부가 저택에 발을 들여놓자 가장 먼저 말을 걸어온 자는 류크였다. 옆에는 루아크의 말대로 디네로와 견습 집사라던 알렉트르가 있었다.

카슈반의 팔에 안긴 알리시아를 보고 디네로가 살짝 눈썹을 모았다. 그러나 안경을 쓰지 않은 상태의 알리시아가 그것을 알 수 있을 리 없었다.

알리시아는 여느 때와 다름없이 '오랜만이시네요'라고 인사를 했다.

"지금 마침 디네로 님의 초상화를 그리는 일로 한창 얘기를 하던 중이에요요. 이야, 이 정도로 잘생긴 분이라면 그리는 보람도 있을 거예요!!"

류크가 희희낙락해서 설명하자 카슈반은 차갑게 지적했다.

"……호오, 그런데 류크. 알리시아의 초상화를 고쳐 그리는 일은 어떻게 됐나?"

"엣…… 에, 에헤헤, 어, 얼레? 레이덴 백작님하고 세이그람 씨는?"

류크가 정말이지 어색하게 말을 돌렸다. 그러나 카슈반은 표정을 살짝 흐렸을 뿐이었다.

"……아아, 두 사람은 도중에 헤어져서 레이덴으로 돌아갔다."

카슈반의 팔 안에서 알리시아도 의기소침하게 고개를 숙였다. 노라도 아무 의미 없이 하녀복 스커트의 주름을 펴고 있었다.

'유란 님은 스탕발 재상님의 아드님이시래요'

돌아오는 도중 알리시아가 아무렇지도 않게 전한 말에 티르나드는 큰 충격을 받은 것 같았다. 전 후견인에게 향하는 이미 마음을 정리한 것 같았지만, 유란의 존재는 아직 머리 한구석에 남아 있는 것 같았다.

주인의 기분을 감지한 세이그람은 '저희도 저택으로 돌아가겠습니다'라고 말을 남기고는 티르나드를 끌고 레이덴으로 돌아가 버렸다. 그 탓에 노라가 의기소침해졌지만, 카슈반도 지금 후견인이 노라 앞에서 억지로 괜찮은 척하기보다는 세이그람에게 맡기는 편이 더 낫다고 판단했다.

"그나저나, 오랜만이군. 디네로. 잘 와줬다. 내가 없는 사이에 별일 없었나? 특별히 어떤 보고도 받지 못했는데."

"아무것도."

명실상부 영주 대행을 맡고 있던 디네로의 대답은 간결했다.

"당연합니다. 무슨 일이 있을 리 없지 않습니까! 모두 디네로 님의 말이라면 잘 들으니까!!"

여행을 떠나기 전에 잘 다독여놓았던 것이 효과를 발휘하는지 알렉트르가 당연한 소리를 한다며 대들었다. 그러나 카슈반은 그것을 무시했다.

"그건 다행이군. 그런데 알렉을 데려온 것 같은데, 리드렉은 어쨌지?"

카슈반이 알렉이라고 이름을 줄여 부르자 알렉트르가 '알렉트르라고 불러달라고 그토록 말씀드렸건만' 하고 분개했다. 그 옆에서 디네로는 조용히 고개를 저었다.

"……아직 못 일어나고 있다."

"……그런가."

그 외에 딱히 할 말도 없어서 카슈반은 그 말만 남기고 입을 다물었다. 알리시아는 열심히 리드렉의 기운을 북돋아 줄 방법을 찾았다.

"벌써 봄이 다 됐는데 아직도 좀처럼 회복하지 못하시네요……. 그래요, 디네로 님. 선물을 만들어 드릴 테니 리드렉에게 전해주시겠어요?"

"알리시아, 너도 아직 완전히 회복하지 않았잖아……. 게다가 설마 또 비료불요초가 들어간 뭔가를 만들 생각은 아니겠지?"

아예 명줄을 끊어버릴 생각이냐고 카슈반이 당황했지만 디네로는 다른 것에 반응했다.

"……회복? 알리시아. 라그라드르에서, 무슨 일이, 있었나? 모포에, 둘둘, 말렸는데. 게다가, 안경은, 어쨌지?"

카슈반의 팔에 안긴 것은 둘째 치고, 안경도 쓰지 않고 모포에 싸여 있어서 디네로도 이상하게 생각했던 모양이었다.

뺨에 살짝 땀이 밴 얼굴로 알리시아는 아마도 디네로 님은 이쪽에 계시겠죠, 라고 생각해서 천장을 바라보며 대답했다.

"아, 네 그게 바다에 좀 빠져서요……."

"바다?!"

디네로는 자타가 인정하는 경건한 '날개의 기도'의 신자다. 그러므로 '바다'에 과민 반응하는 것은 당연했다. 그러나 그 뒤에 한 행동은 주위의 예상을 벗어난 것이었다.

"……네놈이, 같이, 있었으면서!!"

격렬한 외침과 동시에 커다란 손이 뻗어 왔다.

갑자기 멱살을 잡혀서 카슈반이 움찔한 얼굴을 했다.

"디네로……?!"

카슈반은 그 순간 알리시아를 떨어뜨릴 뻔했다. 그러나 재빠르게 손을 보탠 루아크의 도움도 있고 해서 어떻게든 버티고 설 수 있었다.

"디네로 님?!"

평상시에는 매우 이성적인 주인의 예상치 못한 행동에 알렉트르도 눈을 동그랗게 떴다. 카슈반과 디네로 사이에 끼인 알리시아는 곤혹스러울 뿐이었다.

"어, 어머나, 디네로 님. 그런, 카슈반 님 잘못이 아니랍니다. 여러모로, 여러모로 일이 있어서 그렇게 된 거예요. 분명히 안경과 아셸 님의 초상은 아까웠지만요……."

절벽에서 떠밀렸을 때 벗어버린 드레스와 함께 류크가 만든 아셸의 초상은 물속으로 가라앉았다.

하지만 안경과 아셸의 초상은 다시 만들면 된다. 후자는 제작자의 상황에 따라 시간이 걸리겠지만.

하지만 반지는 무사해서 다행이었다.

왼손에서 빛나는 사랑의 증표를 손으로 더듬어 확인하면서 알리시아는 류크에게 말을 걸었다.

"아, 맞다. 류크. 요전에 레오니아 님을 만났어요. 당신을 보고 친구는 아니라고 하셨지만, 살아 있냐고 걱정하고 계셨답니다."

"에? 알리시아, 레오니아 님을 만났어?! 왜?! 그리고 왠지 나 심한 취급을 받는 거 같지?!"

류크는 알리시아 일행이 라그라드르에 갔다는 말밖에 듣지 못했다. 그래서 왜 여기서 레오니아의 이름이 나오는지 전혀 알지 못하는 눈치였다.

류크는 상세한 내용을 물어보려고 했지만, 지금 디네로가 한창 카슈반의 멱살을 쥐고 있었다. 류크는 '아, 아뇨, 죄송합니다. 그쪽 일이 끝난 다음에 하지요'라며 물러났다.

"⋯⋯디네로가 말한 대로다. 곁에 있었으면서도 알리시아가 위험한 일을 당하도록 만들었다."

책임을 통감하는지 카슈반의 목소리는 무거웠다.

"아뇨, 그렇지 않아요. 카슈반 님에게 물에 뜨는 법을 배운 덕분에 살았으니까요."

물에 빠졌을 때의 공포는 알리시아가 생각했던 이상이었다. 카슈반과 예행연습을 하지 않았더라면 파시아의 조언을 떠올릴 틈도 없이 익사했을 것이다.

"게다가 내가 방심하지 않았더라면 알리시아가 납치당하는 일도 없어요."

아직 배에 붕대를 감은 루아크가 그렇게 신묘하게 중얼거리자 카슈반은 능숙하게 한 손으로 가로막았다. 그리고 그대로 디네로의 옅은 회색 눈동자를 바라보며 말했다.

"같은 잘못을 반복하지 않기 위해서라도 디네로, 네 힘을 빌리고 싶다. ⋯⋯지금부터 시간을 좀 낼 수 있나? 여러 가지로 협의하고 싶은 일이 있다."

솔직한 말에 디네로도 잠자코 손을 거두었다.

"……아니, 나도, 미안했다. 이야기를, 하지. 하지만, 그 전에."

알리시아와 손에 끼워진 반지를 힐끗 본 후, 품속에 손을 넣어 한 통의 편지를 꺼내 들었다.

"알리시아. 왕자 전하, 로부터, 직접, 건네라는, 말을 들었다. 오늘, 온, 목적은, 이거다."

커다란 장미 문장이 찍힌 적자색 봉납으로 봉해진 그것은 이전에 제오르디스가 보낸 편지와 똑같았다.

"어머, 제…… 왕자 전하가, 앗."

편지를 받아 들려는 알리시아의 손에서 카슈반이 편지를 낚아챘다. 디네로도 평소라면 말렸을 테지만 편지를 보낸 사람이 사람인만큼 특별히 아무 말도 하지 않았다.

"마침 잘왔다, 트레이스. 읽어라."

그러나 알리시아를 안은 채로는 봉투를 열 수 없었다. 그렇다고 아내를 내려놓을 마음도, 다른 사람에게 맡길 마음도 없는 모양이었다.

카슈반은 마침 마차를 집어넣고 온 트레이스에게 그대로 왕자의 편지를 건넸다.

"아, 저기, 분명히 알리시아 님 앞으로 돼 있습니다만…… 괜찮으십니까?"

편지의 수취인을 본 트레이스가 당혹스러워했다. 그러나 주인의 눈빛에 압도되어서일까, 마지못해 봉납을 부수고 내용물을 꺼냈다.

"어……."

그런데 내용물을 꺼내 들기 무섭게 트레이스의 말이 막혔다. 카슈반이 재촉했다.

"뭐야. 품위 없는 내용이라면 무시해도 좋다. 전부 품위 없는 내용이라면 불쏘시개로라도 쓰도록 해."

"음…… 아뇨, 그 '알리시아, 잘 있어? 라고 쓰고 싶지만 분명히 카슈반도 편지를 보고 있겠지'."

이런 전개를 예측했던 것 같았다. 카슈반의 눈동자에 깃든 매서운 기운이 한층 강해졌다. 트레이스는 겁먹은 얼굴로나마 계속 읽어나갔다.

"음, 그러니까…… '얼마 뒤 왕궁에서 재미있는 연회를 열 예정이다. 정식 초대장은 그때 보낼 테니 기대하고 있어' ……이것뿐입니다."

"……그거뿐이라고? 보여 봐라."

"……예."

트레이스에게 편지를 눈앞까지 갖고 오도록 명령한 카슈반은 편지를 요모조모 살폈다. 그러나 내용은 정말로 그것뿐이었다. 알리시아도 눈을 가늘게 뜨고 보았지만 편지지 중앙에 나열된 문자의 양은 정말로 많지 않았다. 지금 트레이스가 읽은 길이 정도밖에 되지 않았다.

"정말로 이것뿐이네요……. 이전에 마법의."

"마법?"

카슈반이 되묻자 알리시아는 당황해서 입을 다물었다.

제오르디스가 전에 보냈던 편지 마지막에 쓰여 있던 '마법의 말'을 누구에게도 가르쳐주지 말라고 당부했기 때문이다.

"아, 아뇨……. 어머, 하지만 종이가 정말 아깝네요. 여백이 많이 남았어요. 아, 맞다. 잉크 중에는 불에 그슬리면 나타나는 특수한 잉크가 있어요!"

알리시아는 화제를 돌리는 김에 쓸데없는 지식을 피로해 보였다. 그랬더니 묘하게도 카슈반이 낚였다.

"뭐라고? 그 왕자라면 할 법한 일이야……. 좋아, 트레이스. 불에 그슬려봐라."

"며, 명령이라면 따르겠습니다만, 카슈반 님은 왕자 전하를 너무 경계하는 게 아니신가요……?"

알리시아의 말을 진지하게 받아들인 주인의 엉뚱한 명령에 트레이스가 주저하고 있으려니 옆에서 디네로가 제대로 된 의견을 내놓았다.

"연회라니, 대체 뭐지? 아무래도, 왕궁의, 움직임을, 살피는 편이, 좋겠다."

그 말대로였다. 카슈반도 바로 생각을 고쳐먹고 지시를 다시 내렸다.

"트레이스, 세이그람과 연계해서 가제트 후작과 오델 후작에게 왕궁에서 무슨 움직임이 없는지 조사해달라고 부탁해라. 물론 '날개의 기도' 교단과 라그라드르의 상황도."

"알았습니다. 전령을 준비하지요. ……아, 그리고 일단 이 편지는 나중에 불에 그슬려보겠습니다……."

디네로의 의견만 받아들이면 모가 난다고 생각했을까. 트레이스는 그런 대답을 하고 자리를 떴다.

"그나저나 디네로. 왕자 전하는 네 저택에서 대체 뭘 하고 있었지? 꽤 오래 머무른 것 같던데. 설마 그런 편지를 건네주기 위해서만은 아니겠지?"

다시금 카슈반이 묻자 디네로는 살짝 눈을 내리깔았다.

"……머물면서, 때때로, 이야기를, 했다. 그것, 뿐이다. 나도, 무슨 생각인지, 모른다."

어딘가 애매한 대답에 카슈반은 의아하다는 얼굴을 했다. 그러나 제오르디스의 속내를 알 수 없는 건 새삼스러운 일이 아니었다.

"그것도 자세하게 듣지. 그럼 먼저 내 방에 가 있어 줘. 나는 알리시아를 재우고 가지. 노라, 도와라."

카슈반은 알리시아를 안고 2층에 있는 아내의 방을 향해 걷기 시작했다.

"저, 카슈반 님. 저 이제 혼자서 걸을 수 있답니다. 슬슬 모포도 더워지기 시작했고요. 게다가 아직 '날개의 기도' 교단 내부에 관해 이야기하지 않은 부분도 많답니다. 디네로 님과 이야기를 나누실 것이라면 저도."

마음은 고맙지만요. 그렇게 생각하며 알리시아가 말했지만 카슈반은 들을 생각이 없는 것 같았다.

"안 된다. 어쨌든 몸이 식지 않도록 하고 푹 쉬어라. 노라, 알리시아가 나돌아다니지 않도록 잘 지켜라."

아내에게 말한다기보다는 딸에게 하는 것 같은 말은 매우 진지했다. 몸을 감싼 모포보다도 더 강하게 알리시아의 저항을 봉해버렸다.

살짝 '배가 아파' 왔기 때문에 알리시아는 어쩔 수 없이 얌전히 있었다.

"알리시아. 이번에는 나도 카슈반 형님 말에 찬성이야. 알리시아가 느끼는 것보다 큰일을 당했으니까, 부탁이니까 쉬고 있어. 알았지?"

루아크도 진지하게 부탁했다. 그런데 루아크에게 카슈반은 얼굴만 뒤로 돌려서 이렇게 말했다.

"루아크, 너도 집에 돌아왔으니 회복하는 데 전념해라. 상처가 다 아물면 내가 특훈 상대를 해주마."

자신이 옆에 있으면서도 알리시아가 납치당했다. 루아크가 그 일에 관해 헤실헤실 웃는 얼굴 아래로 책임을 통감하고 있다는 사실을 카슈반은 알고 있었다.

아즈베르그로 돌아오는 길에도 틈을 봐서 제다와 전투 훈련을 하던 것을 알고 있었다. 더불어 제다는 티르나드와 함께 레이덴으로 돌아갔으나, 헤어지는 순간까지 루아크에게 '괜찮으냐?'라는 질문을 연발했다.

"······당신은 알리시아한테만 상냥하게 대해주면 된다니까."

루아크가 쓴웃음을 지었다. 그러나 몸 상태가 완전하지 못하면 위험할 때 아무것도 할 수 없다는 사실은 잘 알고 있었다. 한숨을 쉬며 고개를 끄덕였다.

그것을 확인하고 나서 카슈반은 류크를 찌릿 노려보았다.

"류크. 네놈은 빨리 알리시아의 초상을 다시 그려라. 알고 있겠지만 네가 본 그대로, 있는 그대로 귀엽게 그려야 한다."

"카슈반 님. 저한테도 좀 상냥하게 대해주면 좋겠는데요……. 그리고 마침 잘됐으니까 저도 알리시아랑 같이 안경을 만드는 편이 좋지 않을까……."

매번 반성할 줄을 모르는 류크의 중얼거림을 한 귀로 흘리며 카슈반은 알리시아를 안고 계단을 올라갔다.

디네로는 상처를 입고 한층 더 사이가 다정해진 부부의 뒷모습을 바라보고 있었다.

그리고 의식적으로 라이센 부부와 거리를 두고 카슈반의 방으로 걸음을 옮겼다.

"……저, 디네로 님."

디네로의 뒤를 쫓아온 알렉트르가 황송하다는 듯이 말을 걸었다.

"역시 왕자 전하가 하신 말씀처럼 디네로 님이."

"─닥쳐라."

디네로는 엄한 어조로 말을 막아버리고 아무 말도 하지 않고 걸었다.

종장

"마님, 슬슬 불을 끄겠습니다."

자기 방 침대 위에서 새로 조달한 안경을 쓰고 '줄저녹'을 탐독하는 알리시아에게 노라가 말을 걸었다.

"그러네요. 슬슬 잘까요. 촛불도 아깝고. 이 이상 눈이 나빠지면 다음번에야말로 익사할지도 몰라요……. 음, 하지만."

"……아아, 오늘 밤도 오시는군요."

알리시아가 살짝 주저하는 기색을 감지하고 노라는 불어 끄려던 촛불에서 물러섰다.

"호랑이도 제 말 하면 온다더니."

잠시 후 문을 두드리는 소리가 났다. 미리 기다리고 있던 노라가 실내에 맞아들인 이는 예상했던 대로 카슈반이었다.

"알리시아. 몸은 어떻지? 아아, 됐다. 일어나지 마. 누운 채로도 상관없다."

라그라드르에서 돌아오고 벌써 며칠이나 지났는데도 카슈반은 매일매일 이렇게 아내의 방을 찾아와서는 상태를 확인하고 있다.

"예, 이제 완전히 좋아졌어요."

알리시아가 이제는 완전히 습관이 되어버린 대답을 했다. 카슈반이 알리시아의 머리맡으로 다가갔다. 그러다가 노라가 아직 방에 남아 있다는 사실을 알아차리고 천천히 헛기침을 해 보였다.

"……노라."

"……흥, 좋습니다. 나가드리죠."

큰 은혜라도 베푸는 듯이 중얼거린 후, 노라는 이런 부탁을 했다.

"……대신 이번에 조금 길게 휴가를 얻고 싶은데요."

"어머, 왜 그래요? 노라. 무슨 일이라도 있나요?"

뜻밖이라고 생각한 알리시아가 이유를 물었다.

지금까지 이따금 집안 사정 때문에 노라가 쉰 적은 있었다. 그러나 노라는 마님 직속 하녀였다. 게다가 아즈베르그에서도 빈곤한 부류에 들어가는 본가를 창피하게 여기는지 장기 휴가를 요청한 적이 없었다.

"……레이덴 지방에…… 가고 싶습니다. 레이…… 티르나드 님, 에게, 초대받았답니다……."

어느새 이름을 부르는 사이가 됐는지 노라가 부끄러워하면서 대답했다. 그러자 알리시아는 '어머!'하고 기쁜 듯한 소리를 냈다.

"어머, 어머, 물론이에요, 노라! 괜찮아요. 갔다 와요! 괜찮죠? 카슈반 님."

"아아. 그동안은 세일러를 알리시아에게 붙이면 되겠지."

카슈반도 아무렇지 않게 고개를 끄덕이자 노라는 안도했다. 그런데 이번에는 알리시아가 곤란한 얼굴을 했다.

"어머, 하지만 노라. 바로 레이덴 백작님과 기정…… 사실을 만들었나요? 벌써 만들어서 그쪽에서 돌아오지 않게 되는 건 아니죠? 저기, 카슈반 님. 레이덴 백작님의 소년 취향은 어느 정도 읍."

좌우에서 카슈반과 노라가 입을 틀어막는 바람에 알리시아는 읍읍거리며 입을 다물었다.

"정말이지, 이미 변태라고 소문이 난 카슈반 님은 둘째 치고 티르나드 님까지 이상하게 말하는 건 그만두세요!!"

노라가 갑자기 태도를 바꾸어 몹시 성을 냈다. 그 옆에서 카슈반이 말참견을 했다.

"기다려라 노라. 내가 소년 취향이라는 소문이 나면 후견하는 티르에게도 자동적으로읍."

노라가 기세를 몰아 카슈반의 입까지 막아버렸다. 그래놓고는 곤란하다는 얼굴을 했지만, 카슈반은 어깨를 으쓱했을 뿐이었다.

"요즘 밝은 화제가 없었으니까. 마침 잘 됐으니 우리도 이번에 레이덴에 갈까? 알리시아. 생각해보니 그곳을 간접적으로 지배하고 있는데도 제대로 가본 적은 없어."

작년에 티르나드의 저택이 불탔을 때, 카슈반은 진압을 하려고 병사를 이끌고 레이덴 지방으로 향했었다. 그 외에는 카슈반 자신의 처지가 불안정해 영지를 떠날 수 없어서 느긋하게 피후견인이 사는 지역에서 지내본 적이 없었다.

"그러네요. 앞으로는 레이덴 지방분들께 협력을 얻어야 할 일이 늘어날 테니까요."

"더불어 류크 그 바보 녀석을 집으로 돌려보내도 좋겠지. 왕자 전하, 발로이의 움직임 같은 사정에 따라 달라지겠지만, 티르와 일정을 조정해보자. 그럼 노라, 잘 자라."

"예. 그럼 주인님, 마님, 안녕히 주무세요!!"

완전히 명랑한 얼굴이 된 노라는 기분 좋아 보이는 모습으로 자리를 떴다.

"티르 녀석, 이상하게 얌전히 돌아갔다고 생각했더니…… 빈틈없이 얘기를 진행해놨군."

카슈반은 의외로 준비성이 좋은 피후견인에게 감탄하면서 다시금 알리시아에게로 시선을 돌렸다.

"그나저나 알리시아, 너 몸은 괜……"

한때 쏙 들어갔던 '괜찮으냐?'는 말을 다시 입에 올리는 도중에 카슈반은 흑하는 얼굴로 입을 다물었다.

"……안 되겠군. 나도 모르게 묻게 된다."

표정이 어두워진 카슈반은 침대에 걸터앉아서 말없이 알리시아의 머리카락을 쓰다듬었다. 노라가 정성스럽게 빗질을 해준 덕분에 바닷바람과 바닷물에 절어버렸던 황갈색 머리카락은 원래대로 부드러운 감촉을 되찾았다.

"전 이제 괜찮답니다. 다리도 아프지 않고요……. 저기, 카슈반 님이 그렇게 책임을 느끼실 필요는 없어요."

얼굴색만 본다면 오히려 카슈반 쪽이 '괜찮으냐?'는 말을 들어야 할 것 같았다.

비장의 수였던 라그라드르가 도움이 되지 않는 상황에서 제오르디스와 대결해야 하니 무리도 아니었다. 그라네우스와 지스칼드라는 아군이 있었지만, 전자는 둘째 치고 후자는 어디까지 신용할 수 있을

지 알 수 없었다.

알리시아는 걱정스러움에 남편의 손에 자신의 손을 포갰다. 그러나 카슈반은 도리질을 했다.

"아니, 내 책임이다. 라그라드르행을 결정한 것도 나고, 티르를 완전히 믿지 못하고 속임수에 넘어간 것도 나고, 너를 온전히 루아크에게만 맡긴 것도……."

그렇게 우울하게 중얼거린 뒤 카슈반은 자신이 하고 있던 허무한 행위를 알아차렸다. 그리고 그 행위를 스스로 부정했다.

"……젠장, 도움도 안 되는 후회 같은 걸 해봤자 별수 없건만."

한숨을 쉰 카슈반은 자신의 왼손에 포개진 알리시아의 손을 살며시 잡았다.

"……다리에 상처는 어떠냐? 흉이…… 지지는 않았나?"

팔불출 남편은 아내의 몸에 상처가 난 점이 가장 신경 쓰이는 모양이었다.

"아뇨, 괜찮을 거예요. 의사 선생님도 언젠가 상처는 사라질…… 것이라, 고……."

자신의 오른쪽 다리를 매만지면서 웃는 얼굴을 해 보이던 알리시아는 그때 갑자기 한 가지 사실을 기억해냈다.

"알리시아?"

"저기……."

갑자기 얼굴이 빨개져서는 고개를 숙이는 알리시아를 카슈반은 의아해서 바라보았다.

"왜 그러지? 어디 아프냐?"

"아뇨, 그게 아니라. 카슈반 님…… 저기, 도, 동굴에서…… 보셨나요?"

"뭘?"

"제, 제, 그…… 몸, 이요……."

카슈반은 바다에 빠져서 온몸이 차갑게 식어버린 알리시아를 따뜻하게 해주려고 아내의 옷을 벗기고 자신의 체온을 나눠주었다.

응급 처치로서는 훌륭했다. 아즈베르그보다 추운 라그라드르에서 언제까지고 젖은 채 있다가는 익사는 면했어도 동사할 가능성이 있다.

그러나 지금 와서 되돌아보니 부끄러움에 알리시아는 몸이 작아지는 것을 느꼈다. 그리고 그것은 카슈반도 마찬가지였다.

"그, 그때는 비상사태였다고!! 불도 없었고 다른 방법이……!! 그건 뭐, 봤다. 아주 조금 봤다. 아니, 전부, 봤다……."

코끝을 새빨갛게 물들인 채 토해내던 변명은 뒤로 갈수록 정직해졌다.

쓸데없이 상상력이 풍부한 알리시아는 지금 카슈반의 뇌리에 떠오르고 있을 광경을 상상하고야 말았다. 점점 더 창피해져서 베개에 얼굴을 묻으면서 신음하듯이 중얼거렸다.

"괘, 괜찮습니다. 카슈반 님은 제, 남편, 이신걸요……."

알리시아의 빈약한 지식에 따르면 초야 날, 부부는 서로 알몸이 된다. 언젠가는 보여야 할 것이에요. 그렇게 생각하긴 했지만 그래도 창피하긴 했다.

"게다가, 저도, 카슈반 님의 몸을…… 조금은, 봤고요……."

결국 말하고야 말았다.

자신의 빈약한 가슴에 맞닿은 카슈반의 두꺼운 가슴의 감촉이 생생하게 떠올랐다.

이성에게 자신의 몸을 보인 적은 처음이었다. 하지만 남자 몸을, 아무리 가슴뿐이라고는 해도 그런 식으로 본 적도 처음이었다. 끌어안긴 일은 몇 번인가 있었지만, 직접 피부가 닿은 적은 없었다…….

"어, 어머, 나도 참 조신하지 못하게……!!"

알리시아는 베개에 얼굴을 묻고 다리를 파닥거리면서 부끄러움을 참으려 노력했다. 그런 알리시아의 머리를 큰 손이 살며시 쓰다듬었다.

"……그럼 너도 전부 보겠어?"

그렇게 말하는 목소리에 알리시아는 스윽 얼굴을 들었다. 그 순간 놀랄 정도로 가까이 다가와 있던 카슈반의 입술이 귓가에 이렇게 속삭였다.

"내 알몸."

"앗……, 꺅! 카슈반 님!?"

알리시아의 대답을 기다리지도 않고 카슈반은 재빨리 옷을 벗기 시작했다. 알리시아는 엄청 당황해서 양손으로 얼굴을 가렸다.

"앗, 앗, 안 돼요, 그런 곳까지……꺅……!"

"……아직 윗옷만 벗었다고. 게다가 너, 손가락 사이로 보고 있잖아."

상의와 그 밑에 받쳐 입은 셔츠의 앞섶을 벌리고 가슴부터 배까지 훤히 드러낸 카슈반이 그렇게 지적하자, 정곡을 찔린 알리시아는 그대로 굳어버렸다.

하지만 조신하지 못하다는 말을 들을지라도 눈을 뗄 수 없었다. 추위로 멍해 있던 데다가 안경도 없었던 동굴에서와 달리, 지금은 의식도 또렷하고 안경도 쓰고 있다.

……언젠가는 서로 보이게 되리라 생각했던 맨살. 혹시 지금이 그때일까? 갑작스러운 일에 머리가 혼란스러워져서 지금 '배가 아픈'지 어떤지조차 알 수 없었다.

"……그렇게 보고 싶은가? 은근히 야한 공주님이군……. 하지만, 바라신다면 밑에도."

남편의 가슴을 바라보며 가만히 있는 알리시아에게 보여주듯이 카슈반이 벨트에 손을 갖다 댔다.

"아뇨, 괜찮아요. 저희는 아직 깨끗한 관계로 있어야……, 꺄아아아!!"

너무 동요한 나머지 트레스 같은 소리를 하는 알리시아를 카슈반은 맨가슴 쪽으로 끌어당겼다. 뭐가 뭔지 알 수 없게 된 알리시아의 이마에 상냥하게 입을 맞추었다.

"그때 넌 얼음처럼 차가워서 이대로 죽어버리는 게 아닐까 생각했다……. 지금은 무척 따뜻해."

실감어린 회상에 알리시아의 혼란은 한 발자국 '배가 아픈' 쪽으로 기울어졌다. 머뭇머뭇 눈을 뜨고 천천히 오르내리는 카슈반의 가슴을 살짝 손가락 끝으로 만져보았다.

"……카슈반 님도, 따뜻, 해요……."

"……그렇게 만지는 정도로 되겠어? 모처럼 생긴 기회라고."

등에 두른 팔에 힘이 들어가며 카슈반과 더욱 밀착했다.

저도 모르게 카슈반을 끌어안은 상태가 된 알리시아의 손이 남편의 등에 있는 튀어나온 부분에 가닿았다. 동굴에서도 만진 적이 있는 곳이었다.

"……이거…… 뭔가 흉터인가요?"

"……아아, 그건…… 오래된 흉터다."

알리시아의 반응이 바뀌었다는 것을 알아차리고 카슈반이 가르쳐주었다. 조금 전까지 히죽거리던 입가는 일자로 다물어져 있었다.

"어머, 그런가요……. 어머, 다른 곳에도 잔뜩……."

손바닥을 미끄러뜨리자 카슈반의 등에는 그 외에도 흉터가 많았다. 상처는 다 아문 것 같지만 말이다.

"지금 네가 만진 건 옛날에 발로이와 대련했을 때 생겼다. 다른 것들도 대개 그렇지. 그 외에는……."

문득 카슈반의 목소리가 낮아졌다.

"……아버지에게 맞아 생겼나."

말도 논리도 통하지 않는 괴물. 아들에게 때리는 방법과 얻어맞는 방법만을 가르쳐주었던 레디오르 하르바스트.

죽은 아버지 이야기를 할 때면 카슈반의 눈은 언제나 먼 곳을 바라보는 형태가 된다.

"……어머, 그, 죄, 죄송해……, 앗."

언급해서는 안 되는 화제라는 것을 알아차리고 알리시아가 사죄를 하자 카슈반이 살짝 입을 맞추었다.

"다 옛날 일이다. 그보다 네게 큰 흉터가 남지 않아서 다행이다⋯⋯."

달콤하고 상냥하며 기도하는 것 같은 말.

"제다가 급소가 어쩌고저쩌고하던데, 너는 내 급소니까⋯⋯. 네가 당한다면 그대로 황천행이다⋯⋯."

쑥스러움을 감추려는지 카슈반이 장난스럽게 말을 덧붙였다. 알리시아는 남편의 목에 팔을 감고 답례 키스를 했다.

"옛날 일은 어쩔 수 없어요. 하지만 앞으로는 카슈반 님도 흉터가 남지 않도록 무슨 일이든 참기만 하지 마세요⋯⋯."

아내에게서 돌아온 말에 카슈반은 가볍게 눈을 크게 떴다.

"⋯⋯아아⋯⋯ 그렇겠군. 네가 내 것인 것처럼⋯⋯ 나도 네 것이니까⋯⋯."

침대가 삐걱거렸다.

알리시아를 시트 위에 눕힌 카슈반이 천천히 그 위에 올라탔다.

이어서 시선이 얽힌 것도, 입술이 포개진 것도 매우 자연스러운 일처럼 느껴졌다.

그래서일까.

사실은 물으면 안 되는 일이었을지도 모른다. 카슈반의 입술이 떨어지는 순간, 마음속에 몰래 묻어두었던 질문이 알리시아의 입에서 흘러나왔다.

"빠져 죽을 뻔했던 저를 발견했을 때⋯⋯ 신이시여, 그렇게 말씀하셨어요⋯⋯."

전설이 태어난 절벽 밑. 성녀가 가라앉은 바다에서 알리시아를 발견한 카슈반이 흘렸던 한마디.

의식해서 내뱉은 말이 아니었을지도 모른다. 사실 카슈반은 지금 와서 그것을 알아차렸는지 얼굴을 굳혔다.

그러나 저도 모르게 흘린 말이야말로 사람의 진심을 보여주는 게 아닐까.

"카슈반 님은 정말로 신을 안 믿으시나요……?"

"……믿었지. 옛날에는. 이 땅에 사는 인간에게는 당연한 일이었다."

알리시아의 목덜미에 얼굴을 묻으며 카슈반은 아내에게만 들리는 크기의 목소리로 고백했다.

"……인간은 믿는 것에만 배신당한다. 믿지 않는다면 상처받을 일도 없어……."

—아무도 갖고 있지 않은 것은 잃어버릴 수 없어.

언젠가 분명히 제오르디스가 그렇게 말했다. 알리시아는 일그러진 거울에 비친 또 한 명의 카슈반을 기억해냈다.

자기 위에 올라탄 청년의, 결코 아내의 상처 입은 다리에는 체중을 싣지 않으려고 하는 남편의 상처 입은 등에 손을 뻗었다. 꼭 끌어안자 팔 안에서 카슈반이 몸을 작게 떨었다.

"……카슈반 님은, 사실은 아버지도…… 응."

말하지 마라, 는 말 대신 다시 한번 상냥한 키스가 내려왔다. 애정이 담겨 있었지만 타는 듯한 욕정은 느껴지지 않았다. 어린애를 달래는 듯한, 입술만이 가볍게 맞닿은 입맞춤이 잠시 이어졌다.

그리고 카슈반이 잠자코 몸을 일으켰다.

"……오늘 밤은 여기까지 하자."

입가에 띤 애절한 미소를 내보이며 카슈반은 침대에서 내려가려 했다. 그 순간이었다.

"—대체 뭘 하고 계십니까, 카슈반 님!"

얼굴이 하얗게 질린 트레이스가 어느새 방 안에 있었다.

"꺅, 트레이스!"

"트레이스? 어, 어떻게 된 일이냐, 갑자기."

알리시아가 저도 모르게 몸을 일으켰다. 카슈반도 크게 당황해서 흐트러진 옷매무새를 가다듬으려고 했으나 이미 늦었다. 트레이스는 저벅저벅 침대로 걸어왔다.

"어떻게 되고 자시고 오늘 하루에 관해 보고를 드리러 올라왔더니 아직 알리시아 님의 방에 계시더군요……! 불러도 전혀 반응이 없어서 대체 뭘 하고 계시나 했더니……!"

부부가 러브러브하는 데에 열중한 나머지 트레이스를 무시해버린 것 같았다. 그러나 지금 그가 혈색까지 바꾼 이유는 무시당해서가 아니었다.

"카슈반 님. 카슈반 님은 알리시아 님의 상태를 확인하러 오셨잖습니까? 그런데 그 꼴이 대체 뭡니까? 품행이 난잡한 데에도 정도가 있습니다!"

침대 위에서 상반신을 다 벗은 상태로는 변명할 수도 없다. 카슈반의 시선이 이리저리 헤맸다.

"아니, 뭐, 그건, 그."

"예예, 알고 있습니다. 부부 사이이시니 언젠가는 기정, 아니 이렇게 될 것이라고 말씀하실 거죠……! 하지만 지금 알리시아 님은 상처

를 입으셨습니다! 그 점을 좀 알아주십시오!"

무슨 소리를 해도 지금은 들을 생각이 없다는 태도로 트레이스는 한바탕 설교를 늘어놓았다. 그러고는 말할 틈도 주지 않고 카슈반을 끌고 방 밖으로 나갔다.

"……그럼, 나중에 보자, 알리시아. 잘 자라."

소꿉친구의 험악한 기세에 눌렸다, 라기보다는 우울한 분위기가 단숨에 바뀌어 안도한 기색으로 카슈반이 손을 흔들었다.

"예. 안녕히 주무세요, 카슈반 님. 트레이스."

어쨌든 카슈반은 물러나려 하고 있었다. 미소를 지은 알리시아는 두 사람에게 인사를 했다. 그때까지 계속 이어지던 트레이스의 설교도 들리지 않았다.

혼자 남고 나서야 알리시아는 비로소 심장이 격렬하게 뛰고 있다는 사실을 알아차렸다.

그렇게 애절한 얼굴을 하게 만든 뒤였다. 오늘은 여기까지라는 말 자체에는 아무 불만이 없었다. 그러나 이런 생각이 드는 것만은 막을 수 없었다.

"하지만 만약 카슈반 님이 전부 벗고 계셨고, 내가 신에 관해 묻지 않고, 트레이스가 오지 않았더라면……, 우리 두 사람, 어떻게 됐을까요……?"

머릿속에 조신하지 못한 상상이 떠올라서 알리시아는 혼자 얼굴을 붉혔다.

작가 후기

　과연 이번 권으로 사신 공주를 처음 읽는 분이 계실까요
……? 오노가미 메이야라고 합니다. 시리즈 여덟 번째 '사신 공
주의 재혼—날지 못하는 날개의 성녀—'를 읽어주셔서 감사합
니다!

　이번 권부터 이름이 나온 등장인물은 열혈 견습 집사뿐입니다
만, 지금까지 직접적으로 등장할 기회가 없었던 사람이 몇 사람
인가 본편에 등장했습니다. 아, 감개무량합니다. 특히 성녀 아셸
(현재)은 줄곧 '언젠가 알리시아와……'라고 아셸 본인도, 이야기
를 쓰는 작가도 생각하고 있었기 때문에 특히 감개가 무량합니
다……. 늠름한 미소녀이지만 때때로 주위에 휘둘리네요.
　솔라스카는 여전히 무섭습니다. 작품 속에서 가장 무서운 사
람일지도 모릅니다. 그녀를 겁내는 파시아 등등 이번에는 여성
진의 비율이 꽤 높습니다만, 조금도 화려하지가 않네요. 대체 어
떻게 된 거야…….
　알렉트르는 지금까지 '사신 공주' 이야기에는 존재하지 않았
던 정통파 분위기 파악 못 하는 열혈한이라서 재미있습니다. 그
가 경애하는 디네로와 함께 계속해서 불온한 움직임을 보여주고

있습니다만.

주역 부부의 사이는 일보 전진했습니다! 뭣보다 알리시아는 남편에게 모든 것을 다 보이고 말았으니까요! 라고는 해도 정세는 한층 더 복잡해졌고, 모든 면에서 앞으로도 전도 다난할 것 같습니다. 카슈반은 아직 소극적인 것 같습니다만, 티르와 노라에게 추월당하지 않았으면 합니다.

이번에도 비즈로그 문고의 모바일 사이트에 카슈반 시점의 번외편 '배려는 집사의 본분'을 썼습니다. 편지와 책에 얽힌 번외편은 일단 이것으로 끝입니다.

마지막으로 줄곧 신세를 졌던 담당 미카지리 씨, 지금까지 고마웠습니다……! 앞으로는 새 담당 야마우치 씨와 '새장을 그려달라'는 무리한 요구에도 멋진 결과물로 응해주신 일러스트레이터 키시다 메루 씨와 함께 열심히 하겠습니다. 계속해서 잘 부탁합니다.

2010년 1월 오노가미 메이야

사신공주의 재혼 8

초판 1쇄 발행   2018년 11월 15일

저자 오노가미 메이야

발행인 원종우
발행처 이미지프레임

주소 (13814) 경기 과천시 뒷골1로 6, 3층
영업부 02-3667-2653   **편집부** 02-3667-2654   **팩스** 02-3667-2655
메일 alicenovel@imageframe.kr   **웹** alicenovel.com

ISBN 979-11-6085-295-0 02830 (8권)   979-11-6085-287-5-02830 (세트)